한국 희곡 명작선 53

트라이앵글

한국 희곡 명작선 53

트라이앵글

박경희

평민사

작품 의도

'아들이 부모를 망치로 살해했다'는 충격적인 사건을 접했다. 도대체 그런 끔찍한 패륜이 일어난 이유는 무엇이었을까? ……갑자기 팔뚝이 가려웠다. 모기가 침을 박고 피를 빨고 있었다. 소리가 나게 팔뚝을 쳤지만, 움직임을 알아 챈 모기는 재빨리 공중으로 비상했다. 저 모기, 저 모기를 잡아야지…… 이리 뛰고 저리 뛰다가 모기야말로 부모를 죽인 아들이고, 동시에 아들을 그렇게 만든 부모일지도 모른다는 생각이 불현 듯 들었다.

등장인물

이세민 – (남, 25세) 흰 피부에 155cm의 단신. 군 제대 후 방안
    에만 틀어박혀 비디오 시청으로 소일한다. 군에서도 따돌림
    을 당할 만큼 사회성이 결여되어 있다.

이근혁 –(남, 52세) 세민의 아버지. 가부장적이고 권위주의적 성
    격. 직장에서 명퇴를 당하고 가치관의 혼란을 일으킨다.

민혜경 – (여, 51세) 세민의 어머니. 열렬한 개신교 신자. 자신의
    신념에 따라 행동하는 완벽주의자. 두 명의 아들에게 실망,
    여자아이를 입양하려고 한다.

성마리 – (여, 19세) 세민의 짝사랑

이형민 – (남, 29세) 세민 형

소대장

목사

때

현대

무대

전형적인 중산층 단독주택 거실.
무대 중앙에 소파, TV, 열대어 수족관이 놓여있다. 오른쪽은 식
탁과 양주 진열장이 놓여있는 주방, 주방 바로 옆에 화장실 문이
굳게 닫혀있다. 왼쪽에는 현관문과 세민의 방이 있다. 세민의 방
은 여닫이문이 달려있고, 비디오 시스템이 설치되어 있고, 침대
도 놓여있다. 무대 안쪽으로 어머니와 아버지의 방이 연이어 있
는데, 어머니 방엔 십자가가 걸려있고, 아버지 방의 책상 위에 데
스크 탑 컴퓨터가 있다.

줄거리

일류대 법대생 세민은 군 제대 후, 고시 공부를 한다며 자신의 방 안에 틀어박혀 지낸다. 열공 때문이 아니라 걸핏하면 체벌하는 아버지, 주입식으로 자신의 생각을 강요하는 어머니와 마주치지 않으려는 것이다. 부모가 외출하고 나면 비로소 거실로 나와 간단한 식사를 하고 화장실을 갔다 온 다음 비디오 영화를 보면서 잠깐의 해방감을 맛본다.

세민은 15세 때 155cm에 멈춰버린 키 때문에 심한 열등감에 시달린다.
고등학교 때는 작은 키 때문에 정상적인 생활을 할 수 없을 만큼 왕따를 당했고, 왕따의 기억은 군대에서조차 따돌림을 당할 정도로 깊은 상처를 주었다. 부모조차도 아무렇지 않게 세민의 작은 키를 들먹이며 세민을 괴롭힌다. 어머니는 키가 작기 때문에 꼭 법관이 되어야 한다며 세민을 법대생으로 만들었다. 하지만 세민의 꿈은 장래 유명한 영화감독이 되는 것이다.

세민은 물과 기름처럼 겉돌기만 하는 부모에게 자신을 이해시키고 싶다.
어머니의 가슴에 안겨 어린아이처럼 투정도 부리고 싶고, 아버지에게는 같은 남자로서 이상과 현실의 괴리를 토로하고 싶다. 그러나 세민의 어눌하고 낯선 행동과 말투는 번번이 부모를 실망시킬 뿐이다. 세상으로부터 점점 움츠러들기만 하는 세민에게 유일한 말벗은 초등학교 시절부터 자신의 감정을 세세하게 써내려간 일기장이다.

세민은 가끔 들르는 편의점에서 마주친 아르바이트생 마리를 짝사랑한다.
하지만 말 한 마디 걸어보지 못하고, 상상 속에서만 마리를 만나는데…… 그때마다 마스터베이션에 빠지고, 죄의식은 더욱 강하게 세민을 옥죈다. 중3 때부터 시작한 마스터베이션은 성스런 마리를 더럽힐 뿐만 아니라, 자신의 키를 자라지 않게 하는 거라고.

세민은 독립해서 홀로 사는 형에게만 도움을 주는 부모님을 이해할 수 없다.
세민은 형처럼 나가 살겠다 부모에게 말하지만, 그 말이 먹힐 리 만무하다. 그런 와중에 세민의 일기장이 공개되고, 부모는 극도로 예민한 세민에게 실망한다.

세민의 부모는 근래에 부부 생활이 원만하지 않다.
세민의 세심하고 예민한 성격을 상담하고자 정신과 의사를 찾아가지만, 하루아침에 직장을 그만 두게 된 아버지는 채팅에 빠져 어린 여자아이와 사랑에 빠졌음을 실토하고, 어머니는 자신의 사랑을 쏟을 여자아이를 입양하려 한다는 자신들의 얘기만 상담할 뿐이다.

아버지의 원조교제가 교회에 알려졌다.
부모는 집에 와서 한바탕 부부싸움을 한 후, 각자의 방에서 잠이 든다.
한밤중. 세민은 어머니가 자신보다 더 애지중지 키우는 열대어를 안주로 아버지가 아끼는 비싼 양주를 마시며 괴로워한다. 하필이면 아버지의 사랑이 마리라니!
그때, 어디선가 들리는 모깃소리……! 오랫동안 세민의 신경을 갉아대던 두 마리 모기를 잡기 위해 천천히 일어서는 세민.

프롤로그

세민의 집, 거실.

캄캄한 어둠 속에서 애앵거리는 모깃소리에 이어, 컴퓨터 자판을 두드리는 소리, 기도하는 소리가 뒤섞여 들리면서 어슴푸레 밝아진다.

어머니의 방에서 십자가 앞에 무릎을 꿇고 '오 주여, 아버지……'를 반복해서 외치며 기도하고 있는 어머니. 아버지의 방에서 컴퓨터 앞에 앉아 자판을 두드리며 채팅을 하고 있는 아버지.

세민, 천천히 들어와 무대 중앙에 선다.

어머니와 아버지는 세민의 움직임을 전혀 의식하지 않고, 자신들의 행동을 계속하고 있다. 기도 소리와 컴퓨터 자판 소리가 점점 작아지고, 모깃소리만 크게 들리기 시작한다. 무대 중앙이 환하게 밝아지면……

세민, 모깃소리가 좌측에서 들리자 좌측으로 쫓아가 허공에 대고 두 손을 짝! 소리가 나게 마주친다. 모깃소리가 우측에서 들리면…… 우측으로 쫓아가 두 손을 짝! 소리가 나게 마주친다. 그 자세로 가만히 서서 응시하고 있다. (사이) 한참 뒤, 다시 들리는 모깃소리…… 재빨리 머리 위로 손을 들어 손뼉을 친다. 그러나 전후좌우에서 들리는 모깃소리. 세민, 좌로 우로 사방으로 정신없이 뛰어다니며 손뼉을 쳐보지만, 모깃소리는 벌떼 소리처럼 커져 무대를 진동하기 시작한다. 세민, 더 이상 뛰지 못하고, 무릎에 손을 얹고

헥헥거린다.

차츰 잦아드는 모깃소리에 헥헥대던 세민의 숨소리도 잦아든다. 모깃소리가 점점 작아져 들리지 않자, 어머니의 기도 소리와 아버지의 컴퓨터 자판 소리가 점점 크게 들려온다.

세민, 거실의 선반 쪽으로 걸어가 망치를 꺼내 들고 무대 중앙에서 관객석을 향해 선다. 그리고 타석에 선 타자처럼 망치를 어깨 위로 치켜들고 엉덩이를 씰룩거린 다음, 허공에 대고 두어 번 망치를 휘둘러본다.

이내 탄력이 붙은 모양새로 망치를 사정없이 휘두르기 시작하면, 허공에서 투두둑 떨어져 내리는 모기들.

서서히 암전.

1장

세민의 집, 거실.

세민, 거실의 식탁 의자에 앉아서, 식빵을 먹으며 우유를 마시고 나서, 휴대폰의 버튼을 누르고 휴대폰을 귀에 댄다.

휴대폰 발신음.

세민, 통화 연결음이 들리자마자 휴대폰을 꺼버리고, 식빵을 물어뜯으며 거실을 왔다 갔다 하는데, 나비의 날개 같은 흰 옷을 입은 마리가 옷자락을 팔랑거리며 들어온다.

마리　　안녕!

세민　　(반갑게) 오, 나의 천사……! 어서 와.

마리　　오빠, 또 혼자 있네?

세민　　난 언제나 혼자야. (식탁 의자를 내어 놓으며) 여기 앉아, 마리.

마리　　(거실을 돌아다니다, 수족관 앞에 서며 감탄) 수족관이 크기도 하다!

세민　　엄마가 나보다 더 애지중지 하는 열대어들이 살고 있지.

마리　　(양주 진열장을 보며) 이건 다 뭐야?

세민　　아, 그건…… 아버지가 20년도 넘게 모아놓은 양주야. 네 앞에 있는 그거…… (마리, 진열장의 양주를 가리키면) 응, 그래. 그건 루이 13세…… 몇 백만 원이나 하는 거야.

마리	(식탁의 책을 펼쳐 보며) 육법전서? 오빠, 법관이야?
세민	법관이 되려고 사법고시를 준비하는 사람.
마리	공불 무지무지 사랑하는 사람이네?
세민	바보, 널 사랑해…… (고개 흔들고)…… 아니지. 난 널 짝사랑해!
마리	(흥흥거리는) 날…… 짝, 사랑해?
세민	그래, 마리.
마리	난 판검사가 좋더라.
세민	(눈을 크게 뜨고, 버럭) 그건…… 엄마가 원하는 거야…… 내 꿈은 영화감독이야!
마리	오빠 영화감독이 꿈이야?
세민	우주의 이곳저곳에서 살고 있는 영웅들을 한 곳에 불러 모은, 광활한 우주의 스펙터클 서사시를 SF 영상으로 담아볼까 해. 2001 스페이스 오디세이 감독인 스탠리 큐브릭이나 인터스텔라를 만든 크리스토퍼 놀란 감독을 좋아하지.
마리	SF는 돈이 많이 들어가지 않음, 재미없대. 오빠 돈이 많아?
세민	내가 돈이 어딨냐?
마리	그럼 독립영화를 만들어야겠네?
세민	(잠깐 생각하다) 이런 얘긴 어떨까? 우주로 떠나기 전, 사랑하는 사람의 중요부위를 가져가야 하는 것 때문에 갈등하는 그런 얘기. 입술이나 가슴, 또는…… (부끄러워하며)

거기…… 그거. (사이) 그러면 말야. 언제 어디서나 뜨겁고 깊은 두 사람의 사랑이 가능할 거 아니겠어?

마리 사랑하는 사람과 언제 어디서나 사랑을 하기 위해 (고개 가우뚱) 사랑하는 사람의 중요부위를 가져간다고?

세민 (눈을 반짝이며) 복제가 가능한 세상이거든. (사이) 윤리와 사랑 사이에서 고뇌하는 우주과학자…… 어때, 근사하지?

마리 (무신경하게 픽 웃고) 뭐래? (고개를 흔들며) 어려워. 요즘 얼마나 재미난 영화가 많은데…… 영화나 보러 가자. 집에만 틀어박혀 있지 말고!

세민 안 돼! 난 나갈 수 없어! 고시 공부해야 한다니까? (느닷없이 흐흐흐 웃고) 아냐, 사실은…… 우유에 식빵을 먹으며…… 영화 비디오를 볼 거야. (소파를 가리키며) 저기 앉아서 같이 볼래?

그때, 어렴풋이 들리는 모깃소리.
세민은 모깃소리가 들리는 쪽을 예민하게 바라본다.

마리 모깃소리지? 아직 덥지도 않은데, 이 집엔 벌써 모기가 있네?

세민 요즘 모기는 계절을 가리지 않고 아무 때나 앵앵거리잖니.

마리 공부하는데 방해 되겠네?

세민 비디오 볼 때 아주 많이 거슬려.

마리	성가시겠다. (모깃소리가 나는 곳을 바라보며) …… 잡아줄까?
세민	잡지 못할 거야.
마리	모기는 숨어있다가도 사람 냄샐 맡고 나오거든…… (뿌리는 시늉) 모기약 쥐 봐. 단박에 나가떨어지게 할 테니.
세민	(팔뚝을 때리며) 앗! 이놈의 모기! (아쉬운) 놓쳤네. (허공을 보며) 아! 저어기…… 날아간다!
마리	(세민의 손가락이 가리키는 곳을 보며) 어디, 어디?
세민	(팔뚝을 벅벅 긁으며) 아…… 가려워……! 이 팔뚝 상처들 좀 봐!
마리	세상에…… 많이도 물렸잖아? 어디 봐. 하나둘셋넷…… 다섯여섯일곱여덟……너무 많이 물렸어…… 왜 모기를 잡지 않는 거야?
세민	숨어 있다가 내 냄새를 맡고 나와 잽싸게 피를 뽑아 가는데 어떻게 잡어?
마리	손 좀 쥐 봐, 오빠.
세민	(손을 뒤로 감추며, 날카롭게) 왜?
마리	혈액형을 알아야 하니까.
세민	(같은 자세로) 뭐하게?
마리	헌혈은 숭고한 사랑의 징표거든.
세민	(인상 쓰며) 모기한테 물린 게 왜 헌혈이냐? 난 모기에겐 절대로 헌혈하지 않는다!
마리	(팔뚝의 붉은 상처들을 꾹꾹 누르며) 이게 다 헌혈 자국이잖아. 이렇게 많이 헌혈했으면서…… 손가락 쥐 봐.

세민 (뒤로 주춤 물러서며) 손가락을 찔러…… 혈서를 쓰라는 거냐!?

마리 …… 으…… 이 겁쟁이!

세민 아냐! 겁쟁이…… (바닥에 털썩 주저앉아) 난 겁쟁이가 아냐. 난 난쟁이 똥자루도 아냐! (천천히 일어나) 내 이름은 이세민, 강남의 일류고등학교 3학년…… 전교에서 10등 안에 드는 장래가 촉망되는 수재!

마리 (놀라) 오빠가 무슨 고등학생이야? 오빤 지금, 스물다섯, 일류대학교의 법학과 2학년 휴학 중, 군 제대하고 복학을 준비하고 있으면서!

세민, 눈이 튀어나올 듯 마리를 노려본다.
마리, 주춤 뒤로 물러선다.

마리 오빠, 왜 그래? 무서워.

세민 야 이 새끼야! 넌 내 피, 내 돈, 내 점수를…… 고등학교 3년 내내 모기처럼, 내 모든 걸 빨아댔어.

마리 난 마리라고.

세민 아니, 넌 모기야!

마리 난 편의점 알바생, 고등학교 3학년…… 성, 마, 리!

세민 이 모기 새끼야! 너 때문에, 내가 짜리몽당이 된 거라구, 알아?! 넌 날 계집애 같다 때리고, 난쟁이 똥자루라고 발로 차고…… (오른손으로 왼손 등을 찍으며) 내 손등을 콤파스

15

로 찍어대며 날 괴롭혔어. 넌 그것도 모자라서 면도칼로 내 오른손 검지손가락을 찔러, 혈서를 쓰라고 했지! 그리고 외치라고 했어. (두 손을 벌리고) 난 너의 영원한 밥이다. 난 너의 영원한 밥이다아! (사이) …… 이 모기 새끼야! 내가 중학교 땐 너보다 키가 컸다는 걸 알았어야지.

마리 (뾰루퉁) 갈래! 난 오빠를 왕따 시키던, 그 모기가 아냐!

세민 가지 마. 오, 나의 천사, 나의 아이돌…… (고통스럽게) 마리, 너만 생각하면…… 난 어쩔 수가 없어! (사타구니를 잡고) 으흡……!! 난 널 더럽히고…… 너를 생각만 해도 너는 내 키를 줄어들게 한다. (신음소리) 마리! 널 바라보고 있기만 해도 널 안고 싶어져…… (사타구니를 잡은 온 몸에 격렬한 파동이 인다. 신음소리가 점점 작아지며 잠시 후, 평정심을 되찾는다) 너의 그 목소리는 너무나 섹시해서…… 그 강렬한 느낌을 무엇으로 설명할 수 있을까? 넌 나의 운명! 널 보기 전까지 운명이라는 말, 믿지 않았어. 내 키를 줄어들게 하는 넌 나의 운명!

마리 키가 컸었나보네?

세민 난 중학교 이 학년 때부터 계속…… 백오십오 센티미터!

마리 그럼 키가 줄어든 게 아니네? 왜 내 평계를 대고 그래?

세민 (마리의 말을 무시하며) 단 한 번만이라도 말을 걸어보고 싶다…… (사이) 이 빵은…… 얼마죠?

마리 천오백 원요.

세민 우유, 신선한 우유는 어디 있나요?

마리   저쪽…… 뒷줄 맨 끝 칸에 있어요.

세민   뿌리는 모기약은요?

마리   어떡하죠? 다음 주에나 들어온대요…… 아, 바퀴벌레 약은 있는데…….

세민   혹시 남자 주인공이 배가 고파 바퀴벌레 잡아먹는 영화를 아시나요?

마리   아뇨. 그런 영화가 있나요?

세민   빠삐용이에요. 나비라는 프랑스어인데요. 메인 테마곡은 프리 애즈 더 윈드……! 그 음악을 눈이 흩뿌리는 날 들어보세요. 눈처럼 새처럼 어디론가 날아가고 싶어집니다.

마리   어머 그래요? 꼭 들어볼게요.

세민   이름이 성마리라고 했나요? 참 이쁘네요.

마리   다들 이름이 이쁘다고 하네요. 성모 마리아의 준말로 지은 거래요. (휴대폰 전화벨이 울린다) 잠깐만요. (휴대폰을 받는) ……아, 아빠! 이게 제 전화번호예요. 공일공, 육육구구에 일팔일팔!…… (웃으며) 휴대폰 바꿨어요…… 네, 12시까지 일할 거야……. (돌아서서 휴대폰에 속삭이기 시작한다)

세민   난 이렇게 마리에게 모든 걸 다 물어보고 싶다. 그런데…… 단 한 마디도 할 수 없어서, 난 언제나 말없이 돈 계산만 하고 나온다.

마리   아빠, 지금 손님 있어요. 네, 돈 계산해야 해요…… (전화하면서 퇴장한다)

세민   가지 마! 마리……. 가면, 안 돼!!!

세민의 절규에도 아랑곳없이, 마리는 들어올 때처럼 흰 옷자락을 나비처럼 팔랑거리며 퇴장한다. 세민, 한동안 혼자 서 있다.

세민   공일공, 육육구구에 일팔일팔, 공일공육뉵구구, 일팔일 팔, 공일공육뉵구구일팔일팔…….

세민, 휴대폰을 꺼내 들고, 마리의 휴대폰 번호를 중얼거리며 휴대 폰의 버튼을 누른다.
통화 연결음에 이어 마리의 낭랑한 목소리, "여보세요, 성마리입니 다"가 들리자마자, 재빨리 휴대폰을 꺼버리는 세민.
멍하니 서 있는데, 어머니와 아버지, 말다툼을 하면서 무대로 들어 온다.
세민, 얼른 세민의 방으로 들어가, 방문을 소리 없이 닫아걸고, 방 문에 찰싹 붙어 선다.
체구가 큰 아버지는 밝은 색의 꽉 끼는 복장 차림이고, 어머니는 정숙한 부인의 차림새. 어머니의 손에는 성경과 찬송가가 들려 있다.

어머니   당신, 잠이랑 웬수졌어? 목사님 보기 민망하지도 않아?
아버지   졸리면 잘 수도 있는 거지, 왜 그러나?
어머니   밤새 컴퓨터 앞에 붙어있으니까 그렇지.

아버지	중요한 프로젝트라고 했잖아. 가뜩이나 머리에서 쥐나는데!
어머니	한 시간 내내…… 앞으로 뒤로 꾸벅거리는 그 목 떨어질까 봐 조마조마했다고!
아버지	졸았다고 뭐라 하지 마라, 좀.
어머니	옆에 앉아계신 장로님께도 얼마나 송구했는지 알아?
아버지	그만 하라니까!
어머니	그 경박스런 애들 같은 옷은 또 뭐야?
아버지	이 옷이 뭐, (바지 솔기를 만지며) 어때서?
어머니	여보세요, 이근혁 씨…… 당신이 20대 청춘인 줄 착각하나 본데…… 50이 넘었어요, 50이! 주제 파악하라고.
아버지	참내…… 50이 넘으면 입는 색깔, 따로 있어?
어머니	아우, 창피해 죽겠어!
아버지	솔직히 얘기해! 내가 두영그룹 그만 둔 게 창피한 거라고.
어머니	어머머? 내가 언제 그렇게 말했어?
아버지	직장을 그만 둔 다음부터, 뭐든 맘에 안 들어 하잖아.
어머니	비약하지 마!
아버지	당신 얼굴에 써있어요.
어머니	입은 비뚤어졌어도 말은 바로 하자고. 당신, 두영그룹에서 잘린 거지, 그만 둔 거야?
아버지	답답한 소리 마. 난 치열하게 살았다고.
어머니	딱, 당신만큼, 모자란 만큼 치열하게 산 거지.
아버지	당신도 알다시피 난 두영그룹의 최연소 초고속 승진자

였어. (관객 앞으로 썩 나서며) 매사가 의욕에 차 있었지. 이제 내가 도전할 것은 두영그룹의 CEO 자리뿐이었어. 정말 그땐 내가 봐도 멋있었다.

어머니 (혀를 차며) 아직도 정신 못 차렸어. 중증 도끼병 환자야!

아버지 (자랑스런 몸짓으로) 그랬지. 두영그룹의 총수랑 어깨를 나란히 하고, 지금은 흔적도 없이 사라져 버렸지만, 쌍둥이 빌딩 89층에서, 2년간의 뉴요커 생활을 했을 때가 나의 절정기였어. 총수는 내 능력을 인정해 줬지. 내가 있어서 두영의 정보 통신망이 타 기업보다 3년은 앞설 거라고 단언하더군. 그리고 작년, 신년하례식이 끝난 그날, 술자리에서 총수는 예산의 3분의 1이나 되는 큰 프로젝트를 나한테 맡긴 거야. 술김에 덜컥 해 보겠다고 했지만…… 조금 겁이 났던 것도 사실이야! 몇 날을 번민했지…… 좋아, 한 번 해 보자…… (사이) 난 발바닥이 닳고 손바닥이 헤지도록 뛰어다녔어. 그리고 마침내 주변의 우려를 씻고, 총수가 제시한 목표를 뛰어넘는 기적 같은 일이 내게 벌어지고 있었어. 두영의 CEO는 떼놓은 당상! 아무런 빽도 줄도 없는 내가 말이지…… 그땐 당신도 흥분했었잖아! 안 그래?

어머니 (아버지의 장광설에 경도되어) 올 초에 백운대 정상에 오르면서, 감사기도를 드리며 흥분했던 건 사실이야.

아버지 비극은 백운대를 내려올 때부터 시작되었어. 무슨 놈의 비바람이 느닷없이 그렇게도 분단 말인가! 당신 모자가

벼랑 아래로 날아가 버렸지!

어머니 감청색 버버리 모자였는데…… 지금 생각해도 아깝네!

아버지 내 목표치의 절반을 차지하던 진성의 부도가 하필 그날 날 게 뭐냐구…… (아직도 분이 풀리지 않은) …… 목표달성은 한 순간에 깨끗이 날아갔어! 다 잡았던 새를 놓친 기분이 이럴까? 두려웠어. 그래서 그만 둔 거야. 물론 두영의 총수는 전략상 내 사표를 수리한 거라고…… 기다려 봐. 곧 날 부를 거라 믿어.

어머니 (진심으로) 제발 그렇게 되길 기도해야지.

세민 (방문에 대고, 큰소리로) 아버지를 잘라버리려고, 총수가 무리한 목표치를 제시한 걸 아직도 모르세요?

아버지 무슨 소리가 들린 것 같은데…… 당신, 못 들었어?

어머니 (세민의 방을 보며) 아, 세민이가 자면서 잠꼬대 하나 봐. 조용히 하자구!

아버지 그러지.

세민 (방문에서 떨어져 나와 방안을 왔다 갔다 하기 시작한다)

어머니 여보, 지난봄에 집에서 잠깐 키우던 애…… 아름이 알지?

아버지 아름이? 아…… 눈이 초롱초롱하고 잘 웃던 아기?

어머니 입양하려고 하는데…….

아버지 입…… 양?

어머니 무덤처럼 적막한 우리 집에 웃음꽃이 필요해서.

아버지 (어이없어) 하지 마. 말도 안 돼!

어머니	내가 키울 거야. 그 아인 내가 필요한 애야.
아버지	당신의 아름다운 마음씨는 알겠는데, 그 아이 스물에 우린 70이야. 한 아이의 인생이 걸린 일인데…… 함부로 결정하지 말아야지.
어머니	방글거리며 미소 짓는 얼굴이 어찌나 이쁜지…… 자꾸 눈에 밟혀서 그래.
세민	(방문에 대고, 큰소리로) 엄마아빠하고 함께 밥을 먹은 지가 얼마나 오래 됐는지 알아요?
아버지	(두리번거리며) 세민이 방에서 무슨 소리 안 들려?
어머니	잠꼬대리니까.
아버지	아이는 당신이 키우는 열대어나 애완동물이 아냐.
어머니	여자아이를 입양한댔지, 애완동물을 키운댔어?
아버지	가족을 구성하는 일이 기분에 따라 정할 일인가.
세민	(방안을 왔다 갔다 하다가, 오줌이 마려운 듯, 다리를 꼬기 시작한다)
어머니	벌써 입양 기관에 말해 놨어.
아버지	밀어붙일 게 따로 있지.
어머니	그 아일 입양하는 건, 하나님의 구원 사업이기도 해.
아버지	하나님, 하나님…… 말끝마다 하나님! 에이…… 망할!
어머니	(신경질적으로) 망할? 하나님, 망할이라구?
아버지	말꼬리 잡고 늘어지지 말아. 아이 입양해서 키울 생각 말고, 세민이나 신경 쓰라고. 세민이 저 녀석, 밤낮이 바뀌어서 생활하는 거 하나도 좋을 게 없어. 형민이 놈도 의살 만들 거라 밤낮을 쉼 없이 공부하게 하더니…… 의

사는 커녕! 들개처럼 떠도는 떠돌이가 됐잖아!

어머니 참내. 세민일 큰애랑 비교하지 마! 두고 봐…… 세민인 분명 고시 패스하고 말 테니까. (신념에 차서) 기도 응답을 받았다고요! 세민인 우리 자존심을 세워 줄 거야…… 아무렴. 우리 집안의 기둥, 훌륭한 재목이거든.

아버지 (비아냥) 아멘.

세민 (진심으로 두 손을 모으고) 아…… 멘! (다시 방안을 왔다 갔다 한다)

어머니 아름이가 내 앞에서 방글거리며 웃어만 준다면, 더 바랄 거 없어.

아버지 피곤하게 자꾸 아름이 얘기 할래?

어머니 아름이도 애기 때부터 마스터플랜을 짜서 멋진 작품으로 만들 거야.

아버지 사람을 내 맘대로 만들어 낼 수 있다는 당신 생각, 정말…… 잘못된 거야.

어머니 몇 달 째 발가락 하나 대지 않고 각 방 쓰면서, 부부이기나 한 것처럼 이래라저래라…… (표독스레) 내 일에 간섭하려 들지 마. 내 일 내 알아 해!

아버지 (어이없는) 당신이 먼저, 각 방 쓰자고 했지.

세민 (오줌을 못 참겠다는 듯, 그 자리에 주저앉는다)

어머니 당신이 날 무시하니까. 날 나무토막 보듯 하니까, 화가 나서 말한 건데…… 당신은 베개만 달랑 들고 건넌방으로 갔어. (아버지, 듣고 싶지 않은 듯, 나가려고 한다) 어딜 가? 얘기 안 끝났어.

아버지   됐어! (뒤도 돌아보지 않고, 퇴장해 버린다)

어머니   (한참을 서 있다가……무너지듯 무릎을 꿇으며 기도) 지난봄처럼, 아름이를 가운데 재우고, 그이와 함께 잠들고 싶습니다. 남편을 제 곁으로 돌아오게 하여…… 주시옵소서! 아버지…….

어머니, 무릎을 꿇고 잇새로 나오는 발음으로 '아버지'와 '주여'를 부르며 기도하면, 세민, 도저히 못 참겠다는 듯, 무릎걸음으로 걸어가 방 한 구석에 놓여있는 오줌 깡통을 들고 바지 앞섶을 연다.
세민의 긴 그림지 위로 서서히 암전.

2장

세민, 방에서 비디오를 틀어놓고 영화를 보고 있다.

아버지와 어머니, 외출복을 입고 거실로 나온다.

세민, 잽싸게 비디오를 끄고, 침대에 벌렁 눕는다.

아버지, 나가려다 말고 돌아와, 세민이 방문을 발로 툭툭 친다.

세민, 깜짝 놀라 이불을 뒤집어쓴다.

아버지 세민아!! 일어났냐? 밥을 같이 먹는 건 고사하고…… 한 달이 넘도록 코빼기도 볼 수가 없잖아.

어머니 (세민의 방문 앞에 가만히 서서) 세민아, 세민아? 자나본 데…… 그냥 가. 늦어.

아버지 그렇게 불러서, 자는 놈이 일어나? (방문을 세게 두드리며) 세민아! 세민아!!

어머니 (안타깝다) 밤샘하고, 이제 막 잠들었을 거야.

아버지 (더 세게 방문을 두드리며) 세민아, 세민아!

세민 (이불로 얼굴을 반쯤 가리고 조그맣게) 네…… 에…….

어머니 거 봐! 자다가 깼네.

아버지 나와 봐라! 엄마아빠 외출하는데, 인사 안 할 거야?

세민 (졸리는 목소리로) 좀 더 잘 게요.

어머니 좀 더 잔다잖아…… 이따가 얘기해.

아버지 (방문을 발로 차며) 야, 안 나와?! 해가 중천이잖아!

세민	(놀라, 벌떡 일어나 앉는다)
아버지	(갑자기 핏대를 올리며) 내 이눔을 그냥! 안 나오면, 문을 부숴버리면 되지!
어머니	(목소리 높여) 왜 갑자기 그래? 참, 별일이네.

아버지, 거실의 선반에서 망치를 꺼내 들고, 우르르 달려가, 세민의 방문을 텅텅 친다.
세민, 침대에서 일어나, 방문을 열고 거실로 나온다.
부스스한 머리의 세민을 한심하게 바라보는 아버지.

아버지	얀마, 부르면 바로 기어 나와야지. (망치를 식탁 위에 놓으며) 규칙적인 생활을 하란 말야. 복학하면 어쩌려고 그래!
어머니	공연히…… 잠자는 애를 깨워 힘들게 그러네?
아버지	당신, 군대까지 다녀온 놈을 자꾸 애라고 할 거야?
어머니	자식은 부모에게 영원히 아이지.
아버지	(부드럽게) 세민아.
세민	(주눅이 들어) …… 예.
아버지	얼굴이 많이 상했어. 키는 어째, 더 작아진 거 같구나. 응?
세민	(당황) 작아졌나요? 전 그대로인 줄 알았는데.
아버지	그러니까 끼니를 놓치지 말아야지. 밥은 먹고 공부하는 거냐?
세민	…… 예.
어머니	내가 우유하구 빵 사다놨어. 세민인 옛날부터 밥보다는

빵이랑 우유를 더 좋아했어.

세민 (고개를 좌우로 흔들며) 예.

어머니 원래 머리 좋은 애들이 집중력 하난 끝내주거든. (사이) 뒷집 딸내미는, 화장실 가는 시간도 아까워서 물도 안 먹고 공부하고, 앞집 막내는 불러도 대답도 안 해서 돌아버린대.

아버지 건강을 해치면 아무리 공불 많이 한들 소용이 없어. 도전 정신도 건강한 신체와 건강한 정신에서 오는 거다.

어머니 글쎄, 본인이 다 알아 해. 그렇지 않니?

세민 …… 예.

아버지 고시공부만 공부가 아냐. 복학 준비도 해야 하고, 여행도 좀 하고. 그 팔팔한 나이에 할 게 얼마나 많어?

세민 예.

아버지 (신경질) 예,..예……! 넌, 할 줄 아는 말이 그 말밖에 없냐?

세민 …… 예.

아버지, 화를 참지 못하고 주먹으로 세민의 머리를 세게 쥐어박자, 세민, 비틀거린다.

아버지 에이, 복장 터져.

어머니 쓸데없는 소리 그만하고 가. (부드럽게) 세민아, 엄마 갔다 올게. 아, 열대어 밥 좀 줘. 밥은 선반 위에 있을 거야. 많이 주면 안 된다? 물이 탁해지면 고기들이 죽거든. 조금

만 줘야 해, 알았지?

세민　예.

아버지　적당히 운동하는 것도 잊지 말고.

세민　예.

아버지, 세민의 대답소리에 한숨을 쉬면, 어머니, 아버지의 팔을 잡고 나간다.

아버지와 어머니가 퇴장하자, 세민, 기죽어있던 방금 전과는 달리 제 세상을 만난 듯, 스트레칭을 하고 발을 쿵쿵 구르기도 하고 제자리 높이뛰기까지 히며, 활기차게 움직인다. (사이) 이마를 가볍게 치며 생각이 났다는 듯, 세민의 방으로 들어가 오줌 깡통을 들고 나온다. 깡통 가득 찰랑거리는 오줌을 흘릴까 봐 조심스럽게 화장실로 가서 변기에 붓고 물내림 레버를 누른다. 물 내려가는 소리를 들으며, 식탁 위에 있는 망치를 들어 이리저리 살펴보고는 선반 위 제자리에 올려놓는다.

그리고 선반에 놓인 열대어 밥을 꺼내 들고 수족관 앞으로 다가온다. 수족관의 열대어를 한참 바라보는 세민. 밥을 주지 않고, 선반 위에 도로 갖다 놓고는 몸을 던지듯 거실의 소파에 벌러덩 누워 리모콘으로 TV를 켜, 영화채널에서 방영하는 영화를 보기 시작한다.

(E) 현관 벨소리.

세민, 긴장한 얼굴로 벌떡 일어나, 리모콘으로 TV 전원을 끈다.

(E) 계속 울리는 현관 벨소리.

형민   (소리) 저예요…… 형민이요! (사이) 아무도 없어요?

세민   형? (현관문을 열며 반갑게 형민을 맞이하는) 어서 와.

형민   (들어오며) 오랜만이야, 세민.

세민   일은 잘 돼?

형민   그럼 많이 바쁘다. (둘러보는) 혼자 있냐?

세민   어.

형민   왜 그렇게 문을 늦게 열어? 아무도 없는 줄 알고 그냥 가려고 했다.

세민   영화 보느라.

형민   (다 안다는 표정) 흐흐. 자식, 너 그거 봤지?

세민   이것저것 다 봐.

형민   공부 열심히 한다며? 어머니가 기대만만이드라.

세민   기대만만씩이나.

형민   나야, 돈 냄새가 좋아 대학공불 접었다만, 넌 꼭 졸업해라. 우리나란……어쨌든…… 학벌이 좋아야 하니까.

세민   그건 엄마 생각이고.

형민   너같이 일류대 학벌은 돼야 짱짱한 사람 행세할 수 있어.

세민   (짜증) 엄마만 그렇게 생각한다니까요.

형민   여잘 자빠뜨리는 데도 학벌이 먼저예요. 학교가 맘에 들면 지들이 먼저 홀러덩 벗어! 학벌 이콜 물건이라고 생각하는 모양이야. 골 빈 여자들 같지? 천만에. 의외로 명문대생 중에 그런 여자들이 더 많아. 그래서 이 형, 네 학벌 여러 번 써 먹었다.

세민 잘 했네.

형민 잘 했지?

세민 근데…… 이 시간에 웬일이야?

형민 (가방에서 서류 꺼내며) 아버지가 나, 온다고 말씀 안 하시대?

세민 아니.

형민 이것 봐라. 우주여행 벤처 사업계획서!

세민 우주여행 벤처 사업?

형민 우주를 내 품안에.

세민 예전부터 형이 꿈꾸던 거?

형민 꿈은 원대하되, 계획은 정밀하고 치밀하게. 아버지, 곧 오시겠지?

세민 그러겠지…… 아냐, 나도 잘 몰라.

형민 (그러거나 말거나) 앞으로 2년 안에 전 세계를 내 품안에 넣은 다음, 그걸 발판으로 해서 우주여행 상품을 공략할 거라 이 말씀! 하늘이 돕는 사업가는 누구도 생각 못했던 가능성을 먼저 실행함으로써, 멀찌감치 앞서나가는 거야. 경쟁은 노! 수익은 예스!

세민 형이라면 당연히 성공할 수 있어.

형민 (손목시계 보며) 아, 이것 참. 내가 온다고 분명히 말했는데, 오늘도 미팅이 줄줄이 엮여 있어요.

세민 우주를 내 품안에는 언제 오픈하는 거야?

형민 이달 말! 투자액은 5억인데, 일단, 집에서 1억을 대주기로 했다.

세민 1억을? 누가?

형민 아버지가 대 주는 거지.

세민 (놀라) 아, 아버지가?

형민 분가시킬 돈, 미리 투자해 주십사고, 손바닥에 참기름 바르고 김밥 말아가며 말씀드렸다. 내가 벌써 3년째 따로 살고 있는데, 그 밥값만 해도 기천은 되잖겠냐?

세민 그걸…… (아무래도 믿기지 않는 듯) 허, 허락했단 말야? 아버지가?

형민 (사업계획서를 팔랑거리며) 내가 누구냐, 세민아.

세민 (진심으로) 형은…… 좋겠다.

형민 (쿡 웃으며) 좋다 뿐이냐. 이 멋지고 광대한 사업을 내가 젤 먼저 하는구나 하는 생각에, 난 요즘 잠을 잘 수가 없다.

세민 우주를 정복하는 건데…… (다가서며) 형, 내가 도우면 안될까? 나도 우주 영웅 서사시를 영화화 하려고 하거든.

형민 넌 고시 준비나 해, 인마.

세민 나도 형처럼 집을 나가서 하고 싶은 일 하면 얼마나 좋을까…… 비디오 가게 점원에서 감독이 된 쿠엔틴 타란티노처럼, 나도 그렇게 되고 싶어. 엄마아빠 눈치 안보고 보고 싶은 영화 하루 종일 보고, 화장실도 가고 싶을 때 가고…….

형민 넌 여전히 비디오로 영화 보냐?

세민 비디오 데크에 테이프 걸리는 소리가 좋아서.

형민	야야, 일류대 법대생 이세민.
세민	예, 병장 이, 세, 민!
형민	잡생각 집어치우고, 공부나 열심히 하라니까! 다 제 그 릇대로 사는 거야.
세민	예, 알겠습니다!
형민	이 병장! 아직도 군기가 바짝 들었구만!
세민	예, 그렇습니다!

어머니, 들어온다.

형민	(반갑게) 어서 오세요, 사모님!
어머니	엄마한테 사모님이라니? (세민을 보며) 형이 오니까 나와 있네?
세민	(어머니 시선을 피해 얼른 돌아선다)
형민	(짜증) 기다렸잖아요!
어머니	미안, 많이 기다렸지? 봉사활동하고 오는 길이야.
형민	여전히 바쁘시군요. 사회활동 하시느라.
어머니	(약간 들뜬) 느들 말야. 여동생이 생길 것 같구나.
형민	(뜬금없어) 여동생요?
어머니	그래, 인석아. 네가 결혼해서 예쁜 손녀딸을 안겨 주었다 면, 내가 이런 결정을 했겠니?
형민	지금 결혼얘기를 할 때가 아니고…… (사업계획서를 내밀며) 이거요.

어머니 (받아서 휙휙 넘겨보며) 여행사를 차린다고 했지?

형민 지구여행만 시키는 여행사가 아니라, 우주여행을 다루는 거죠. 에, 그러니까 우주 왕복선이 상용화되는 때를 30년 후로 보고, 미리 예약을 받아 놓는 겁니다. 세계 여행도 종류가 수백인데, 우주는 무궁무진하잖아요? 배낭우주여행, 무전우주여행, 우주테마여행, 신혼우주여행, 이혼재혼우주여행, 졸혼휴혼우주여행…… 그리고 별자리관광, 태양계패키지, 우주일주, 지구관람, 달관람, 행성탈출, 이티와의 만남…… (어깨를 으쓱하며) 수백이 아니라 수천의 상품을 개발해서 줄줄이 엮는 거죠.

어머니 (식탁 위에 사업계획서를 놓으며) 아우, 정신없다. 내가 뭘 알겠냐? 느이 아빠랑 알아 해라.

형민 아버지가 허락하실 수 있게 기도발오리발닭발로 압력 좀 넣어 주세요. 물론 아버지도 보시자마자 흡족해 하실 거지만.

어머니 (일어나며) 차라도 한 잔 할래?

형민 왜요, 맘에 안 드세요? 우리 지구는 현재 포화 상태예요. 아직도 지구에서 뭔가 먹을 알이 있다고 생각하면 큰 오산이죠. 우주를 먹겠단 계획은 단 한 사람, 저, 이형민밖에 없어요!

어머니 제발 그랬음 좋겠다.

형민 (사업계획서를 가리키며) 맨 앞장에 계좌번호 적혀 있죠? 글루 송금해 주세요. (현관문 쪽으로 가며) 1억이에요.

어머니　왜? 가려구?

형민　예. 미팅이 줄줄이라니까요.

어머니　(서운한) 줄줄이 타령은! 저녁이나 먹고 가지? 아빠도 곧 오실 거야. 오랜만에 가족이 다 모이는데. (수족관을 들여다보며) 어머나, 세민이 너, 밥 안 줬구나! 공부하느라 그랬어?

어머니, 선반 위에 있는 열대어 밥을 들고, 정성스레 수족관에 뿌린다.

세민, 그런 어머니의 모습을 유심히 바라본다.

형민, 현관문 앞으로 걸어가다 말고 뒤로 돌아 어머니한테 간다.

형민　어머니, 저 분가시킨다 셈 치고, 딱 한 번만 도움 주세요.

어머니　시끄러, 결혼이나 한다면 몰라도.

형민　(짜증) 결혼 얘기 꺼내지 말라 그랬죠?

어머니　알았다. 아빠가 약속한 거면 해 주시겠지.

형민　꼭 해 주셔야 해요. 자, 바빠서 이만. (세민의 등을 툭툭 치며) 세민아, 개업식날 꼭 와라. 잘 되면 말이다. 100평 복층 아파트로 이사 가서, 네 방은 홈씨어터로 꾸며줄게.

세민　(감정 없이) 고마워, 형.

어머니　법관 방에 홈씨어터?

형민　당연하죠. 요즘은 멀티한 세상이라 판검사가 영화잡지 만들고, 영화감독이 법을 논하거든요.

어머니　바쁘다며.

형민	옙! 1억입니다, 사모님. 부탁해요!
세민	형, 잘 가. (형민, 손을 흔들며 퇴장한다)
어머니	아우, 머리 아퍼. 정신 쏙 빼 놓는 말버릇이 아빠랑 똑같구나. 형이 왜 저렇게 두서가 없는 줄 아니? 제 맘대로 살아 그래. 대학도 졸업 않고. 넌 제발 형처럼 저러지 마라.
세민	(조심스럽게) 아빠, 형한테 돈을 주나요?
어머니	그거야, 모르지. 왜?
세민	그냥요…… (세민의 방으로 들어가려는데)
어머니	공부하는데 불편한 건 없니?
세민	(우뚝 선다)
어머니	고시에 패스할 수 있도록, 널 위해 작정기도 열심히 할게.
세민	(휙 돌아서서 어머니 앞으로 성큼 다가서며) …… 엄마!
어머니	(화들짝 놀라며) 아우 깜짝이야! 왜?
세민	제가 뭘 좋아하고 뭘 잘 먹는지 한 번 물어봐 주실래요?
어머니	물어보지 않아도 다 아는 걸? 넌 공부를 사랑하고 빵과 우유를 좋아하잖니.
세민	(두 팔로 엑스를 만들어 보이며) 틀렸어요.
어머니	틀려?
세민	네. (사이) 2001 스페이스 오디세이 같은, 우주의 속삭임이란 영화를 만들고 싶거든요.
어머니	영화를 만들겠다구?
세민	나도 형처럼 이 집구석에서 뛰쳐나가고 싶단 말예요. 엄마가 나에 대해 뭘 안다고, 날 위해 작정기도를 해 준다

는 거예요?

어머니　(놀라) 세민아.

세민　하고 싶은 일 할 거예요, 형처럼.

어머니　얼마든지 하렴. (딱 잘라서) 고시 패스하고 난 뒤에.

세민　(눈을 부라리며) 고시 패스? 웃기지 마세요!

어머니　세민아, 왜 그래?

세민　나에 대해 알고 있는 걸 얘기해 보라고요!

어머니　(당황해서) 세민아…….

세민　이것 봐. (큰소리로) 아는 게 하나도 없잖아!!

세민, 방으로 후다닥 달려가, 침대 밑에 놓아둔 일기장을 가지고 다시 온다.

세민　(어머니의 눈앞에 펼쳐 보이며) 다 적어놓은 거예요.

어머니　뭘?

세민　아주 나쁜 일들!

어머니　아주 나쁜……?

세민　어릴 적부터 엄마아빠가 나에게 잘못한 일들.

어머니　우리가 너에게 잘못한 거?

세민　네!

어머니　그런 걸 뭐 하러 적어 놨어?

세민　잘못됐으니까!

어머니　내가 잘못한 게 뭐야?

세민 군대 간 아들 면회 한 번도 오지 않은 거.

어머니 (뜨악해서) 올 필요 없다고 하지 않았니?

세민 (버럭) 엄만 언제나 교회 일에만 정신 팔려있었잖아요! 교회에서 입양할 아이 키워주기, 교회 물청소하기, 교회 꽃 꽂이하기, 교회식당 설거지하기, 교회선교회에서 젓갈팔기 하느라 안 왔잖아요.

어머니 엄마가 하는 일, 다 이해한다고 하지 않았어?

세민 (차분하게) 그래도 한 번쯤은 왔어야지요.

어머니 네가 그렇게 생각하고 있는 줄 몰랐어.

세민 (일기장을 펄럭펄럭 넘기며) 고3 때 내 얼굴에 젓가락을 집어던진 엄마, 중2 때 텔레비전 보는데 내가 치는 피아노 소리가 거슬린다고, 다리를 각목으로 내리친 아빠. (정강이를 보이며) 봐요, 이 상처.

어머니 (놀라며) 그런 일들을 적어놓은 거냐?

세민 엄마가 무서웠어요. 물론 아빠, 그림자도 무서워서, 써놓고 잊어버리지 않으면 그 두려움 속에 빠져 죽을 것만 같았어요.

어머니 말을 하지 그랬니.

세민 말 안 듣는 형 때문에 미칠 것 같다고 그랬잖아요. 형이 아들인 게 부끄럽다고 말했잖아요. 아무 것도 물려주지 않겠다고. 단 한 방울의 국물도 없다고 그러더니, 형에게 잘도 투자하는군요.

어머니 (웃으며) 형한테 사업자금 대주나 해서 서운한 거야?

세민 제 얘기 계속 들어주세요.

어머니 그런 거지?

세민 날 그런 속된 사람으로 몰지 마세요!

어머니 애가 갑자기 왜 이러는 거야?

세민 질문을 다시 할게요. (사이) 날, 알아요?

어머니 그럼 내 속에서 떨어진 널, 이 에미가 모른다고 생각하니?

세민 절대로, 절대로 모르고 있죠.

어머니 너…….

세민 (어머니 목소리를 흉내 내며) 세민아, 넌 키가 작으니까 네가 할 거라곤 판검사밖에 없어. (제 목소리로) 키 작은 사람은 판검사밖에 할 게 없나? 가수 김수철도 작고, 박정희 대통령도 키가 작았고…… 등소평, 아인슈타인도 키가 작았어요. 그런데, 키 작은 사람은 꼭 판검사가 되어야만 하나요?

어머니 꼭 그렇다고 얘기한 건 아냐.

세민 대답하세요.

어머니 (날카롭게) 세민아. 엄마 맘을 네 맘대로 해석해선 안 돼. 넌 어릴 때부터 너무 섬약하고 겁이 많아서 그대로 부서져 버릴 것만 같았어. 당당하고 강하게 키우고 싶었다. 너에게 약이 되라고 한 소리야. 피가 되고 살이 되라 한 말이다. 이 세상에서 엄마만큼 널 잘 알고 있는 사람이 누가 또 있니?

세민 (노래하듯) 아아아―난 두 살배기 아름이보다 못해. 엄마가 키우는 열대어보다 못한 인간이야! (일기장을 바닥에 던지고, 수족관으로 달려가, 손을 집어넣고 휘젓는다)

어머니 (세민의 등을 후려치며) 미쳤어?! 애들 죽어!

세민 전, 빵이나 우유보다 열대어처럼, 밥을 좋아해요. (열대어를 집어 올리며) 열대어 눈을 찌르면 장님이 될까요? 죽을까요?

어머니, 세민의 행동을 제지하는데도, 세민은 수족관 안에 팔을 넣어 계속 휘젓는다.

(E) 현관 벨소리.

재빨리 수족관 안을 휘젓는 행동을 그만두는 세민. 아버지, 들어온다. 세민, 아버지에게 꾸벅 인사를 하고 재빨리 방으로 들어간다. 거실 바닥에 떨어진 세민의 일기장은 그대로 있다.

어머니 (식탁 위에 있는 사업계획서를 아버지에게 주며) 큰 애가 가져온 거야.

아버지, 사업계획서를 받아들고 휙휙 넘겨보다가 혀를 찬다.

세민, 방문에 찰싹 기대어 서서 어머니와 아버지의 소리를 듣고 있다.

아버지 우주여행 벤처 사업?

어머니 벤처라는 게 남들보다 한 발자국 먼저 내딛는 거라고.

아버지	요즘 바다 밑에 가라앉은 보물선 찾는 벤처 사업도 뜨고 있긴 하지.
어머니	아이템이 특별하지 않아?
아버지	지금이 어떤 세상인데, 봉이 김선달 압록강 팔아먹는 얘기보다 더 한심한 짓거리를 하겠다는 거야. 안 돼!
어머니	당신은 요즘 뭐든 안 된다고 하네?
아버지	지나가던 개도 코웃음 치는 이딴 걸 사업계획서라고, 은행에 들이밀면 대출이 나올 거 같아? (혀를 차며) 여행사를 차린다고 해서 혹시나 했더니.
어머니	찬찬히 읽어보고 나서 얘기 해.
아버지	찬찬히 읽어보고 자시고 할 게 어딨어. 나 있을 때 다시 오라고 해. (방으로 들어가려다 말고, 바닥에 떨어진 일기장을 주워 올리며) 이건 뭐야?
어머니	(당황해서) 암것두 아냐. 이리 줘.

아버지, 빼앗으려는 어머니와 몇 차례 실랑이를 하다가 어머니를 피해 몇 발자국 비켜서서 눈으로 재빨리 일기장을 읽어 내려간다. 세민, 방문에 기대어 서 있다가 아차 싶어, 거실로 나온다.

아버지	(읽다 말고, 나오는 세민을 보며) 네 일기장이로구나?
세민	(얼굴이 해쓱해지며) …… 예.
아버지	미주알고주알, 계집애처럼 잘도 적어놨구나.
세민	…… 주세요.

아버지	(일기장으로 세민의 머리를 후려치며) 하란 공분 안 하고, 이딴 거나 써?
세민	(노려보며) 달란 말예요!
아버지	노려보면 어쩔 건데? (세민의 머리통을 주먹으로 치며) 응?
세민	줘! 달란 말야!
아버지	(느닷없는 반말에) 뭐? 다시 말해 봐!

세민, 아버지에게 달려들어 일기장을 빼앗으려 하자, 아버지, 일기장을 든 손을 위로 들어올린다. 아버지의 큰 키 때문에 세민의 손에 일기장이 닿지 않는다. 세민은 팔짝팔짝 뛰어오르며 결사적으로 일기장을 잡으려 하지만, 역부족이다.

세민	(발을 구르며) 달란 말야! 씨발!
아버지	허…… 야, 이 병장!
세민	(갑자기 차려 자세로) 예, 병장 이, 세, 민!
아버지	대한민국 육군이 부모한테 욕하라 가르치대?
세민	시정하겠습니다!
아버지	이 자식! (세민의 따귀를 철썩철썩 올려치는데도, 세민 그대로 서 있는) 어릴 때 부모한테 잔소리 듣지 않고 크는 놈이 누가 있어? 너희들이 잘 해 봐. 야단치래도 안 쳐.
어머니	(화가 치밀어 한숨) 다 지들 잘 되라고 새벽기도, 금식기도, 철야기도에 작정기도까지 하는데.
아버지	내 뭐랬어? 이런 못난 놈한테 희망 걸지 말라 했잖아! (일

기장을 세민의 눈앞에 흔들며) 이런 걸 써 놓으면, 불쌍하다 안됐다. 우리가 잘못 했어 그럴 줄 알았냐?

세민 (풀이 죽은 목소리로) 보여 주려고 쓴 건 아닙니다. (고개를 들고 아버지와 어머니를 찬찬히 바라보며) 보여준 게 아니구요, 김 상병이 제 일기장을 훔쳐 본 겁니다.

아버지 (이게 무슨 소린가 싶어) 뭐라고?

세민 김 상병이 제 일기장을 훔쳐 봤다구요.

아버지 여기 김 상병이 어딨어?

어머니 얘 또 딴 소리 시작한다. 그만 둬.

세민 …… 김 상병은 절 괴롭히려고 군대에 온 놈 같았습니다. 하루는요…… 김 상병이 제 일기장을 훔쳐보고, 소문을 냈어요…… 이세민 병장의 부모가…… 면회 오지 않는 이유는…… (사이) 주워다 기른 아들이라서 그렇다드라…… (사이) 그 얘기는 삽시간에 전 부대에 퍼져 나갔어요. (사이) 면회 오지 않는 엄마아빠를 원망하며 일기장에 꾸며 쓴 이야기가 사실처럼요. (사이) …… 일기장을 훔쳐 본 김 상병, 그 자식 눈을 장님으로 만들고 싶었어요.

어머니와 아버지, 세민을 바라보며 뒤로 물러나면, 세민, 차려 자세로 선다. 소대장, 날카롭게 호루라기를 불며 지휘봉을 들고 세민의 앞으로 다가와 선다.

소대장 (지휘봉으로 세민을 찌를 듯 가리키며) 우리 부대의 자랑, 수족관에 있는 열대어 눈을 누가 찔렀나?

세민 잘 모르겠습니다!

소대장 우리 부대의 명물, 수족관 관리는 자네가 하지?

세민 예, 그렇습니다!

소대장 그렇다면 열대어와 자넨 일심동체다. 그렇지?

세민 네, 그렇습니다!

소대장 그런데, 네 눈을 누가 찔렀는지 몰라?

세민 정말 모릅니다!

소대장 알 때까지 엎드려뻗쳐! 실시!

세민 실시! (호루라기 소리에 엎드려뻗쳐를 하는 세민의 팔이 부들부들 떨리기 시작한다)

소대장 동작 그만! (세민, 벌떡 일어나 차려 자세를 한다) 아직도 네 눈을 누가 찔렀는지 모르겠나?

세민 예, 모르겠습니다!

소대장 알 때까지 계속 엎드려뻗쳐! 실시!

세민 실시! (호루라기 소리에 맞춰 엎드려뻗쳐를 하다가, 결국 옆으로 풀썩 쓰러진다)

소대장 동작 그만! (세민, 벌떡 일어나서 차려 자세를 한다) 아직도 모르겠나?

세민 아, 알 것 같기도 합니다!

소대장 알 것 같다?

세민 네, 그렇습니다!

소대장 누가 그랬나?

세민　　김 상병입니다!

소대장　어째서?

세민　　김 상병이 제 옆을 지나가면서 열대어 눈을 찌르면 장님이 될까 죽을까 큰소리로 말했습니다.

소대장　그래서 김 상병이 열대어 눈을 찔렀다?

세민　　예, 그렇습니다!

소대장　찔렀을 것이다?

세민　　예, 그렇습니다!

소대장　(어이없는) 야!

세민　　예, 병장 이세민!

소대장　우리 부대의 자랑이며 명물인 수족관 열대어들이, 눈이 찔린 채 물에 둥둥 떠 죽은 날, 김 상병은 외박 나갔어.

세민　　(자신 없어) 그러면 누가 그랬을까요?

소대장　네 녀석이 그런 거 아냐!

세민　　(얼굴이 노래지며 비틀) 아, 아닙니다!

소대장　자세 봐라. 열차! (세민, 소대장의 호루라기 소리에 정신없이 열차를 한다)

　　　　　제 자리 토끼뜀 실시!

세민　　실시!

세민, 제자리 토끼뜀을 뛰고, 아버지와 어머니는 놀라고 당황한 얼굴로 세민과 소대장을 멍한 얼굴로 보고 있다가, 주머니에서 호루라기를 꺼내 소대장처럼 불기 시작한다. 세 사람이 부는 호루라기

소리에 맞춰 제자리 토끼뜀을 뛰는 세민의 서글프고 기묘한 동작.

빠르게 암전.

3장

정신과 상담실.

의자 세 개와 탁자만 놓인 무대.

세민과 어머니와 아버지, 무대로 들어와 정면을 바라보고 의자에
앉는다. 아버지의 조명은 흐릿하고, 세민과 어머니의 조명만 밝다.

탁자에는 세민의 일기장이 펼쳐진 채로, 놓여있다.

어머니   (인사를 하며) 글쎄, 둘째가 세게 욕을 하드라구요.

세민   씨발!

어머니   아빠한테도 저런 욕을 했어요.

세민   요즘 씨발은 욕도 아니에요.

어머니   너무 착한 아이여서 (가슴을 부여잡는)…… 네, 많이 놀랐습
니다. 부대에서 키우던 열대어의 눈을 찔러 죽였다는 말
은 금시초문이었어요. 전혀 몰랐죠. (부르르 떨며) 착해빠진
우리 애가 어쩌다가 그런 일을!

세민   (선언하듯) 문제아는 없다. 문제부모만 있을 뿐이다!

어머니   여러 가지 검사가 끝나야 알 수 있겠지만, 세민인 공부
하는 거 외엔 취미가 없었어요. 어릴 때부터 일을 일기
장에 그렇게 세세하게 써 놓은 줄은 정말 몰랐어요. (사이)
아, 세민이가 기절했던 얘기요? 여섯 살 때 얘기라 잘 기
억나지 않는데, 생각나는 데까지 얘기할게요. (목소리를 가

다듬고) 전 기도를 아주 오래 하는 편이거든요.

세민　(책을 읽듯) 한 시간, 어느 땐 두 시간을 넘게 해요. 그리고 엄마는 기도할 때마다 나를 옆에 앉게 했어요. 은혜를 받아야 하니까요. 똑같은 기도가 지긋지긋하게 반복되면, 엄마가 기도 삼매경에 빠져 있단 거죠. 난 그때 주머니에서 조그만 로봇을 꺼내 조립을 하기 시작했어요. 조립에 집중하다 그만, 나도 모르게 엄마의 기도를 따라 하게 됐어요.

어머니　(눈을 감고, 두 손을 모으고) 오, 하나님. 제 기도를 굽어 살피사.

세민　(동시에) 오, 하나님, 제 기도를 굽어 살피사.

어머니　화목하고 복된 가정이 되게 하여 주시고.

세민　(동시에) 화목하고 복된 가정이 되게 하여 주시고. (혼자서) 우리 집 피아노를 사라지게 하여 주시고, 신경질 부리는 엄마도 이 세상에서 사라지게 하여 주시옵소서! (어머니, 세민의 기도소리에 놀라 눈을 뜨고 조립을 하고 있는 세민을 본다) 내가 기도 중에 딴 짓을 하는 걸 알게 된 엄마는 스크림 같은 괴성을 지르며 옷걸이에 걸려 있던 크고 두꺼운 옷솔로 마구 때리기 시작했어요. 잘못했다고 두 손을 싹싹 비벼도 소용없었어요. (사이) 여기 정수리를 한 대 맞고 깨끗이 기절했죠. 하나님이 내 기도는 들어주었습니다. 흐흐흐. 내가 기절해 있는 동안 엄마도 사라졌으니까요.

어머니　큰애 형민이를 속도위반으로 갖는 바람에 부랴부랴 남편과 결혼을 한 거였거든요. 난 피아니스트가 꿈이었어요. 결혼과 함께 그 꿈을 버려야 했죠. 결혼 후에는 신학 공부를 해서 목사가 되고 싶었어요. (손가락으로 허공에 피아노를 치며) 근사하지 않나요. 피아노 치는 목사. 천상의 음악으로 신자들에게 어필하는 목사…… (피아노치기를 그만두고, 두 손을 가슴에 모으는) 둘째를 낳고 나서, 아이 둘 때문에 내 인생이 제대로 묶이겠구나 생각하니 신경이 조금 날카로워져 있었죠.

세민 엄만 강하게 반항하던 형한텐 꿈짝도 못하고, 나만 못 잡아먹어 안달이었어요.

어머니 (고개를 흔들며) 말도 안 되는 소리. 열 손가락 깨물어 안 아픈 손가락 있어요? 돼지발톱처럼 어긋나던 형하고는 비교가 되지 않을 정도로 둘째는 모범생이라, 더 잘되라고 심하게 나무랐던 건 인정해요. (사이) 그 생활기록부 한 번 보실래요? 예……선생님…… 학창 시절 내내 성실하며 책임감 강하고 교우관계가 좋다고 적혀있지요? (사이) 좋은 아이였답니다. 둘째는 첫째완 달리 날 닮아 피아노를 아주 좋아했는데 애들 아빠 남자가 피아노 치는 걸 끔찍하게 싫어했어요.

세민 (정강이를 만지며) 피아노 치다가 죽을 일 있나요? 깨끗이 포기했죠. (사이) 엄만 '난 너의 영원한 밥이다'라고 썼던, 그 끔찍한 고등학교 때 혈서 사건도 모르고 있잖아요!

어머니 감성이 여린 아이라, 강하게 키우려고 했던 게 잘못된

건가요? 다 지들 잘되라 그런 거죠.

세민   엄만 하루에도 수백 번 천사와 악마의 모습을 왔다 갔다 했어요. 난 날마다 기도했어요. 오늘은 제발 엄마가 화나 있지 말기를. 교회 사람들과 함께 집에 있기를.

어머니   허구한 날 야근에 회식에, 늦게 들어오는 남편 때문에 짜증이 많이 났어요. 아티스트 목사의 삶을 포기하게 한…… (새삼 울화) 그런 사람이! 요즘은 왜 잠자리도 같이 안 할까요? 며칠 더 자존심 세워보고, 남편과 화해하려 구요. 내가 먼저 각 방 쓰자고 신경질을 부렸거든요. 선생님, 주책맞은 부탁이지만, 아직도 아내를 사랑하느냐고, 슬쩍 물어봐 주실래요? (사이) 아, 내 정신 좀 봐. 둘째 얘기를 해야 하는데 내 얘기를. (사이) 어쨌든 둘째가 쓴 일기장 때문에 기분 참 묘하네요. 내 일거수일투족을 다 드러내 보인 거 같아서. 예…… 다음 주 월요일에 뵙겠습니다.

어머니, 조용히 일어나 퇴장한다. 아버지의 조명이 밝아진다.
세민, 아버지의 모습이 보이자, 움찔하면서 자세를 바르게 고쳐 앉는다.

아버지   (인사를 하고) 안녕하십니까. 선생님. (주위를 둘러보며) 아들 녀석이 쓴 낙서 때문에 이런 곳엘 다 와 보는구먼요. 여자들이란 쓸데없이 일 벌리는 선수들이라니까요…… 수

습도 못하면서 말입니다. 하하하.

세민　아빠의 웃음은 소름이 돋는다. 얼굴은 전혀 웃지 않으면서 웃음소리만 크게 낸다.

아버지　어디요? 선생님…… 아, 이 부분을 읽어볼까요?

세민　아빠 글씨가 지렁이 같다며, 지우개로 공책을 함부로 지웠다. 공책이 찢어졌다. 숙제를 다시 할 생각보다 공책이 찢어진 게 속상하고 가슴이 아팠다. 나도 모르게 눈물이 핑 돌아 고개를 숙였는데, 후두둑 공책에 눈물이 떨어졌다. 아빠는 사내가 계집애처럼 운다며 안 죽을 만큼 때렸다. 다음날 아빠와 같이 학교 가는 길에 차라리 죽어버리자 차도로 내려섰다. 아빠는 날 인도로 끌어올리면서 주의력 없다고, (벌떡 일어났다 앉으며) 따귀를 갈겼다!

아버지　(어깨를 으쓱하며) 녀석, 쩨쩨하긴. 그깟 따귀 한 대에! (머리를 흔들며) 사내애를 계집애처럼 오냐오냐 키운 에미 탓 아닙니까. 게다가 요즘 학교엔 여선생들이 남선생보다 많다던데, 우리나라 교육, 정말 문제 많습니다.

세민　군대가 사람을 만든다고? 군대를 가지 않은 우리나라 남자와 여자는 사람이 아니겠군. 군대에서 썩고 싶지 않다!

아버지　대한민국의 건강한 장정이라야, 갔다 올 수 있는 게 군대라고 내 그렇게 말을 했는데도 이따위 생각을 하고 있었구만요. (한숨 쉬며) 제 에미 탓이라니까요. '군대 가서 썩는 시간에 고시 공부를 했다면, 백 번도 더 합격했을 거'라고 말하곤 했지요.

세민 군대 문 앞에도 못 가 본 이근혁! 사람들한텐 현역 나왔다고 개뻥을 친다.

아버지 저, 저런 버르장머리 없는 녀석! (깊게 한숨) 욕지거리에 반말에…… 애비가 제 친구보다 못합니다그려. 허허허…… 죄송합니다 선생님. 자식 잘못 가르쳐 이 모냥입니다. (일어서서 깊게 인사한 다음 앉아 한참을 눈을 감고 있다가 뜨며, 조그맣게) 맞아요. 전 결핵을 앓아 군 면제를 받았습니다. 군대를 가고 싶었는데도 못간 거요! 그래선지 두 아들놈 현역 제대한 거, 무척이나 자랑스럽습니다. 헌데…….

세민 면제자 주제에 두영그룹의 CEO가 되려 하다니!

아버지 (주먹을 부르르 떨며) 군면제자라고 애빌 조롱을 해?! 내가 얼마나 치열하게 살았는지 알면, 이런 개소리 지껄이지 못할 겁니다.

세민 통닭 먹으며 티슈 두 장을 뽑아 손을 닦는 나에게, 아낄 줄 모른다고 통닭을 빼앗고, 저녁마저 굶게 한 아빠에게 악마의 저주를!!

아버지 (난감한 얼굴로) 적반하장도 유분수지. 아끼라고 훈육한 걸 가지고. (벌떡 일어서며) 에이 나쁜 녀석! (큰소리로) 옛날로 돌아가 아무 소리 못하게 아가리를 꽉 틀어막아야 고마운 줄 알 거야. 그래야 돼, 이놈들! (사이) 아, 예. 지금은 두영 그룹을 관두고, 조그만 컴퓨터 회사에 나가고 있습니다. 두영 총수가 부르면 득달같이 달려가야죠. (사이) 네? 두영 총수를 모른다구요? 일전에 축구 이겼다고 스포츠 신문에 대문짝만하게 사진이 실린 사람이에요.

세민 억압의 실체. 굴종의 실상인 아버지어머니는 계부계모다! 난 부모가 없다.

아버지 한심한 놈. (흥분) 내가 언제 둘째를 억압했다는 거요? (사이) 날 무서워한다고요? 굼벵이 새끼처럼 방안에 틀어박혀 있으니까 자연히 손발이 올라가지!(발을 구르며) 에이, 망할…… (사이) 죄송합니다. 선생님, 화가 많이 나네요. 하하하……! 에, 월요일에 뵙겠습니다.

아버지, 정중하게 인사를 하고 퇴장한다. 세민은 의자에 그대로 앉아 있다. 잠시 후 아버지, 자신이 앉아 있던 의자 쪽으로 들어온다. 당당하던 아까의 모습과는 사뭇 다른 얼굴로 주춤주춤 의자에 앉는다.

아버지 저, 선생님. 제가 요즘 힘든 일이 있어서…… 개인 상담을 받아주실 수 있나요? (망설이며) 제가 말이죠. 그러니까, 사랑에 빠지고 말았습니다. (가슴 벅찬 얼굴로)…… 그녀를 바라보고 있으면, 숨이 막힙니다. 고개 숙였던 제 남성이 살아서 꿈틀거리기 시작하죠. 그녀를 안고 있으면 온 몸이 박하사탕을 머금은 것처럼 화안해집니다. 난 비로소 진정한 사랑, 영원한 사랑을 만난 거예요!

마리, 잠옷을 입고, 사뿐사뿐 다가와 아버지 앞에 선다.

아버지   오, 나의 천사, 나의 베아트리체! 어서 오렴.

마리   아빠, 무슨 걱정 있어요?

아버지   나의 깊은 수렁!

마리   깊은 수렁?

아버지   (고개를 흔들며) 빛나는 박하사탕!

마리   (아버지를 뒤에서 끌어안고 아버지의 턱을 만지며) 까끌까끌한 수염 자국이 너무 좋아.

아버지   난 너의 모든 것이 다 좋다.

마리   으흥, 난 아빠의 돈도 좋아요.

아버지   (주위를 두리번거리며) 얘야. 난 재벌도 부자도 아니란다.

마리   그래도 아빠, 내가 뭐든 살 수 있게 돈을 주잖아요.

아버지   우리 아무도 없는 곳으로 도망갈까?

마리   비겁한 짓이에요. 싫어요.

아버지   하루도 널 못 보면 미칠 것 같다. 얘야, 널 위해 난 모든 걸 포기하고만 싶다.

세민, 의자에 앉아서 휴대폰을 꺼내, 버튼을 누른다.
휴대폰 수신음.

아버지   전화 왔구나, 받아보렴.

마리   (주머니에서 휴대폰을 꺼내보고 주머니에 다시 넣는다)

아버지   누군데, 안 받는 거냐?

마리   정신 빠진 어떤 사람이에요. 받으면 끊어 버려요.

아버지   발신자 전화번호 안 찍혀?

마리   응.

아버지   (신경이 곤두서는) 누굴까?

마리   몰라. 신경 안 써.

아버지   그래도 신경 써야 해.

마리   아무 일 없으니까.

(E) 작게 들리는 모깃소리.

마리   어, 이 모텔에 모기가 있네?

아버지   자자. 이리 오너라. 나의 천사.

마리   (두리번거리며) 모기 잡고요, 그렇지 않음, 모기한테 헌혈해야 해요.

아버지   그만 둬.

마리   (까르르 웃으며) 헌혈하기 싫다구요.

아버지, 일어서서 마리를 격렬하게 끌어안는다.

(E) 커지는 모깃소리.

세민, 의자에서 벌떡 일어나, 모깃소리가 들리는 쪽을 향해 손뼉을 치다가, 의자에 걸려 와당탕 넘어진다. 세민, 후다닥 일어나 의자에 앉는다.

아버지와 마리, 깜짝 놀라 귀를 기울인다.

아버지   (놀라) 무슨 소리가 들렸지?

마리   모깃소리야. 신경 쓰지 말고, 얼른 가지세요.

아버지, 마리를 와락 끌어안는다.

세민은 천천히 일어나 모깃소리가 들리는 허공을 두리번거린다.

서서히 암전.

4장

군가(진짜 사나이)가 우렁차게 울려퍼진다.

이어 아버지의 구령소리와 노랫소리가 들리고…… 세민과 아버지,
조깅복을 입고 무대로 들어온다. 아버지, 수건으로 흐르는 땀을 닦
는데, 세민은 파김치처럼 절어, 제대로 서 있지 못할 정도로 다리가
풀려 헉헉거린다.

아버지 새벽 공기를 가르며 조깅을 하니까, 시원하구나.

세민 (헉헉거리며) …… 예.

아버지 오늘부터 우리 부지런히 뛰자.

세민 예…….

아버지 (세민의 어깨를 잡아보며) 사내자식 어깨가 호박처럼 물컹거
려 어디 쓰겠냐? (자신의 가슴을 주먹으로 텅텅 치며) 봐라. 용
수철 튕기는 소리 들리지? 싸나이들한텐 이 소리가 자
신감이다. (가슴을 한 번 더 치고) 산중에서 호랑이를 만나도
정신을 바짝 차리고 한 주먹에 때려잡을 수 있는 어깨를
가져야 한다. 알았지?

세민 …… 예. (주춤주춤 자신의 방 쪽으로 걸어간다)

아버지 어디 가냐?

세민 (그대로 서서) 자려요.

아버지 잔다구?

세민   밤새 모깃소리 때문에…… (긴장해서) 하, 한 숨도 못 잤어요.

아버지   땀 냄새 나는 옷은 벗어야지, 인마!

세민   그냥 잘래요.

아버지   이 짜식이. (손을 올려 따귀를 치려다가 내리며)…… 넌 왜 그 모냥이냐?

세민   (대꾸 없이 흐느적거리며 방 쪽으로)

아버지   사회 불만 세력처럼 왜 그러냐고, 응?

세민   (방문을 열려는데)

아버지   (버럭) 야, 야!!!

세민   (차려 자세를 하며) 예, 병장 이, 세, 민!

아버지   사람 말이 말 같지 않냐? 일로 와!

세민   (차려 자세로 엉거주춤 다가온다)

아버지   (세민의 머리를 세게 쥐어박으려다 말고, 살짝 건드리며) 에이그, 자든지 뒈지든지 네 맘대로 해! 꺼져, 꼴도 보기 싫다.

세민, 비틀비틀 세민의 방으로 들어가 방문을 잠근다. 그리고 침대에 걸터앉아 고개를 숙인다. 어머니, 들어온다.

어머니   왜 아침부터 소릴 질러? 옆집 사람 창피하게?

아버지   아무래도 세민이 저거 사람이 안 되려나 봐. 왜 저러지?

어머니   그러게 누가 애 잠자는 시간에 느닷없이 조깅을 하래?

아버지   과도한 스트레스와 피로가 쌓였을 때는, 적당한 운동이 약이라고 의사가 말했잖아.

어머니 당신이 주는 스트레스가 애를 나쁘게 할 수도 있다고
했어.

아버지 당신 태도에도 문제 있다고 했지?

어머니 빨랑 씻고 교회 갈 준비나 해!

아버지 이 집의 가장인 나를 발가락의 때만치도 여기지 않는 이
놈의 집구석. 내가 나가서 살든가 해야지. 에이!

어머니 나가 살아? 누구 맘대로?

아버지, 어머니를 쩨려보며 퇴장한다.

(E) 이어 쏴아아~ 시원하게 쏟아지는 샤워소리.

어머니, 샤워소리에 맞춰 찬송가를 흥얼거리며 부산하게 외출 준
비를 한다. 샤워소리가 마치 찬송가 반주소리처럼 변환되며 점점
커진다. 세민, 침대에 걸터앉아 바깥 소리를 듣지 않으려는 듯, 손
으로 귀를 틀어막고 앞뒤로 상체를 움직이며 중얼대기 시작한다.
(사이) 샤워소리가 뚝 그치자, 자동으로 멈추는 세민과 어머니의
움직임.

아버지 소리 (성마른 목소리로) 가자구!

어머니 (바깥을 향해) 어, 나가요!

어머니, 성경 가방을 들고 나가려다 말고, 다시 한 번 옷매무새를
살피고는 퇴장한다.

현관문 닫히는 소리에 이어 흐르는 정적.

세민, 서서히 일어나 방문에 기대어 바깥의 동정을 살핀다. (사이) 아까보다 한결 안정되고 편안한 얼굴로 방안을 정리하기 시작한다. (사이) 오줌이 찰랑거리는 깡통을 들고 거실로 나와 화장실 변기에 오줌을 버리고 물을 내린다.

냉장고를 열어 식빵과 우유를 꺼내 식탁에 앉아 먹기 시작한다.

(E) 현관 벨소리.

세민, 우유를 마시다 말고, 동작을 멈춘다.

형민　(소리) 나야, 세민아!

세민　(우유를 마시고 현관문을 열며) 어서 와, 형!

형민　(들어오며) 어머니 아버진?

세민　교회 가셨어.

형민　오늘 온다고 했는데?

세민　기다려. 두어 시간 후면 올 거야.

형민　(가방에서 서류 꺼내며) 한 시간을 하루처럼 쪼개 쓰느라 이 형, 바쁘다. 지난 번 우주 사업은 30년 내에는 실현 불가능하다는 진단이 내려졌다. 그래서 다른 사업계획서를 가지고 왔다. 현대인이라면 포기가 빨라야지.

세민　다른 사업?

형민　홀로그램 족보라고 들어봤니?

세민　홀로그램 족보?

형민　못 들었지?

세민	못 들었어.
형민	우주의 시대가 열리는 미래는 말야. 우리 인류는 화성토성명왕성안드로메다성운…… 이런 데로 뚝뚝 떨어져 살게 될 거 아니냐?
세민	그렇겠지.
형민	그러면, 가족 간의 유대감도 뚝뚝 떨어질 거거든. 사촌은 물론, 형제남매자식도 누군지 모르는 세상이 오게 돼요. 당연히 족보가 가족의 중요한 끈이 되는 거라. (세민, 빵을 우물거리며 고개 끄덕인다) 이 사업의 정확한 이름은 '홀로그램 족보 입체영상 사업'이야. 어떠냐?
세민	괜찮네.
형민	누대의 조상들이 홀로그램 영상으로 좌아악~ 나와서는 한 말씀 꽝! 던진다. 생각만 해도 짜릿하지 않냐?
세민	멋지네.
형민	영원히 살아 움직이는, 뿌리 튼튼한 조상들을 갖게 되는 거지. 특허를 따야 하는데, 비용만 5천이야. 이번엔 아버지도 틀림없이 도와주리라 믿는다.
세민	대단해. 나도 도울 거 있음 해줄게.
형민	(세민의 어깨를 툭툭 치며) 얌마, 넌 형 도울 생각 말고, 위대한 법관이 되어 홀로그램 족보의 조상이 돼야지. 여자들, 특히 돈푼깨나 있는 집 여자들, 족보 무지 밝힌다? 여자 꼬시려면 홀로그램 족보, 필수가 될 걸?
세민	영화감독도 위대한 작품을 만들면 훌륭한 조상이 될 수

있잖아.

형민 암튼 좋아. 어쨌든 이 족보가 없으면 혼자 (손으로 마스터베이션하는 흉내) 이 짓만 하다가 광대한 우주의 먼지로 쓸쓸히 사라지는 거지.

세민 (주춤 뒤로 물러서며) 형!

형민 왜?

세민 (조심스럽게) 형도 그거 해?

형민 그럼. 내 나이 스물하고도 아홉이야. 꺾어진 60에, 장가도 아직 안 갔는데.

세민 헌데 어째서 형은 키가…… 줄어들지 않지?

형민 하하. 세민이 넌, 공부만 하더니 아직도 총각 딱지를 못 뗐구만. 건강한 남자라면 누구나 하는 놀이다, 놀이. 근데 이걸 하면 키가 줄어든다고? 누가 그래? (사이) 가야하는데…… 어머니아버진, 언제 오시냐?

세민 곧 오겠지.

형민 (왔다갔다 무대를 돌아다니다가) 아무래도 안 되겠다. 세민아. 미팅이 줄줄이에요. 아버지랑 담판 지으려고 왔는데. (서류를 식탁에 올려놓으며) 읽어보시라고 그래. 겉장에 적혀있는 계좌 번호로 바로 송금해 달라한다고.

세민 5천이야?

형민 여유가 되면 1억도 좋지. 투자하는 거니까! 형은 바빠서, 이만! (퇴장한다)

세민, 형민이 준 사업계획서를 펄럭펄럭 넘겨보고는, 형민처럼 무대를 왔다 갔다 하다가 무대 중앙에 선다. 그리고 뒷짐을 지고, 거만하게 주위를 둘러본다.

(E) 희미하게 들리는 모깃소리.

세민 (우유를 마시고 큰기침, 노인의 목소리로) 안녕, 이 할애비는 비록 키는 작지만 말이다. 너희들의 자랑이란다. (모깃소리가 커지자 말을 중단한다. 모깃소리가 작아지자 기침을 두어 번 한다) 내가 만든 영화 우주의 속삭임을 사람들이 알아줘서 고맙기만 하구나. 내 이상과 고집을 신념으로 밀어준 사랑하는 아내, 성마리에게 그저 감사하단 말밖엔 할 말이 없지. 말도 안 되는 내 이야길 밤새 들어주던 마리가 아니었던들 어찌 내가 우주의 속삭임이란 영화를 만들 수 있었겠느냐. (천천히 우유를 마시고) 가만있자, 나도 한 번 감독 흉내 좀 내 보자꾸나. (두 손을 번쩍 들며) 나는 우주의 왕이다! 허허허…… (모깃소리 나는 쪽을 바라보며) 모기의 속삭임…… 은 별들의 속삭임은, 아니지. 별들의 반짝임은 너희들도 잘 알다시피 우주의 바람인 게야. (모깃소리가 커지자, 말을 중단하고 두 손바닥을 친다) 이 모기의 속삭임은 말야, 아니, 아니…… 우주의 속삭임, 아니 반짝임…… (하는데, 다시 들리는 모깃소리)……이 모기들이 오늘따라 극성이로구나. (무시하고) 그래, 우주의 속삭임은 말이다. 우주의 바람 소리에 실려 있는 우주의 메시지를 듣고 볼 줄 아는 영웅들의 서사시란다. (애앵거리는 모깃소리가 들리는 곳에서 손뼉을 친다) 모기의 메시지, 아니…… 우주의 메시지는 한마디로, (애앵거리는) 모기들이여! 아니, 지구인들이여…… (신경질적으로) 에이, 이놈의 모기들!

세민. 애앵거리는 모깃소리 때문에 화가 치밀어, 더 이상 말을 못하고 형민의 사업계획서를 들고 이리저리 후려치기 시작한다. 형민의 사업계획서가 찢어지자, 바닥에 던져버리고 두 손으로 손뼉을 지듯 모기를 잡는 세민. 잠시 후, 잠잠해지는 모깃소리. 세민, 이마의 땀을 훔치며 우유팩을 들어 우유를 따라 마시려는데, 우유팩이 비어 있다.

세민   얘들아, 잠깐 기다려라. (미소 지으며) 이 할애비는 신선한 우유를 사 와야 해요. 우유를 마시면서 이야기를 다시 시작하자꾸나.

세민, 무대 밖으로 퇴장한다.
서서히 암전.

5장

텅빈 무대에 어머니와 아버지, 무릎에 성경과 찬송가를 올려놓고 의자에 앉아 객석을 바라보고 있다. 목사, 성경을 들고 들어와, 목소리를 가다듬고 객석을 바라보고 설교한다.

목사 (약간 떨리는 목소리로) 로마서 7장의 말씀입니다. 나는…… 탐내지 말라는 율법이 없었더라면, 탐욕이 죄라는 것을 몰랐을 것입니다. (아버지, 강하게 고개를 끄덕이며 긍정하는 몸짓을 하고)…… 그런 일을 하는 것은 내가 아니라 내 속에 도사리고 있는 죄입니다. 내 몸 속에 이성의 법과 대결하여 싸우고 있는 다른 법이 있다는 것도 알고 있습니다. (어머니, 고개를 끄덕이며 작게 아멘을 한다)…… 나는 이성으로는 하나님의 법을 따르지만…… 육체로는 죄의 법을 따르는 인간입니다…… 아멘! (아버지와 어머니, 목사를 따라 아멘을 한다. 목사는 성경을 덮고) 헌데, 근자에…… (큰 목소리로) 나의 베아트리체! 나의 천사여!를 부르짖으며, 계명을 어기는 사람이…… 있습니다!

아버지 (놀라, 혼잣말) 아니, 마리한테 하는 말을 목사님이 어떻게 알고 있지?!

어머니, 아버지의 허벅지를 꼬집으면, 아버지, 깜짝 놀라 정면을 바라본다.

목사   하나님의 백성은 죄악에 대한 두려움을 가져야 합니다!!

아버지   (두 손을 마주 잡고) 아 …… 멘!

어머니   (힘차게) 아, 멘!

목사, 찬송가를 부른다. 어머니, 목사가 부르는 찬송가를 우렁차게
따라 부른다.

아버지, 찬송가가 끝날 때까지, 일어섰다 앉았다하며 어쩔 줄을 모
른다.

목사, 성경을 옆구리에 끼고, 천천히 퇴장한다.

어머니   (찬송가를 끝내고) 왜 그렇게 안절부절이야?

아버지   (어깨를 으쓱하며) 그랬나? 추, 추워서 그래.

어머니   난 안 추워.

아버지   기름 한 방울 안 나는 나라에서 (짜증) 한 여름도 아닌데,
에어컨을 벌써 틀면 어떡허나? (부르르 떨며) 어, 추워! 감
기 걸리기 딱 좋아. 난 먼저 가야겠다.

어머니   권사님이랑 아름이 얘기하기로 해 놓고, 어딜 가?

아버지   약속이 있어.

어머니   (일어서며) 내 맘대로 할 거다, 그럼?

아버지   맘대로 해.

어머니   나중에 딴 소리하기 없기?

아버지   알았다니까.

어머니, 아버지, 성경과 찬송가를 손에 들고 좌우로 각각 퇴장한다.
잠시 후, 아버지, 심호흡을 하며 빠른 걸음으로 무대로 들어오는데,
편의점 유니폼 차림의 마리가 흥분한 얼굴로 뛰어 들어온다.

마리   (빠르고 높은) 아빠, 아빠! 잠깐만요, 드릴 말씀이 있어요.
아버지   (주위를 두리번거리며) 동네에서는 아는 체 말랬지!
마리   알아요. 나두. (가쁜 호흡을 진정하며) 급해서 그래요.
아버지   그렇잖아도 네게 가는 길이었다. 웬일이냐?

마리, 발뒤꿈치를 들고 아버지의 귀에 대고 소곤거린다.
이때, 세민, 우유팩을 들고 들어오다가,
아버지가 마리와 함께 있는 것을 보고 깜짝 놀라 한 쪽으로 비켜
선다.

아버지   정말이냐?
마리   (고개 끄덕이며) 아빠랑 나랑 은혜장에 들어가는 사진을 목
사님께 보냈어요.
아버지   (큰소리로) 누가!?
마리   쉬잇! (작게) 내 남친이요.
아버지   (비틀거리며) 맙소사! 어쩐지 목사님 말씀이 다…… 내게
말하는 것 같더구나.

마리 (흥분이 가시지 않은) 내 남친이요, 제가…… 아직 미성년자
라고요. 화가 나서 아빨 원조교제로 고소할 거래요.

아버지 원조, 교제?

마리 (남의 말 하듯) 네에, 그렇대요.

세민. 기절할 듯한 얼굴로 마리와 아버지를 바라본다.

아버지 온 천하에 내 신상 명세가 낱낱이 공개되겠군. (절망하며)
두영하고도 끝났구나.

마리 그런데, 내 남친이요, 제가 아빠를 안 만난다면, 고소는
생각해보겠대요.

아버지 (반가워서) 그래?

마리 (손을 내밀며) 차비가 필요해요.

아버지 알았다. (수표 한 장을 꺼내 주며) 일단 어디든 가거라.

마리 한 장만 더 줘요.

아버지 알았다. (두 장을 꺼내 주며) 가거라.

마리 (수표를 세어보는) 하나 둘 셋, 합이 세 장. (수표에 키스하며) 고
마워요.

아버지 연락해라, 꼭!

마리 네. (나가다 말고 돌아서서) 아빠, 갑자기 좋은 생각이 났어
요. (사이) 절 입양하면 안 돼요?

아버지 입, 양?

마리 딸로요. 진짜 아빠로요.

아버지   (곤혹스런) 그래, 그거 참 좋은 생각이로구나.

마리, 두 손으로 아버지에게 키스를 흠뻑 날리고 퇴장한다.
세민은 다리에 힘이 풀리는 듯, 얼굴을 가리고 주저앉는다.
아버지, 방향 감각을 잃은 듯 서성이고 있는데, 어머니, 씩씩거리며
들어오다가, 아버지를 발견하고, 우르르 달려와, 성경 가방으로 아
버지의 몸 전체를 함부로 때린다.

어머니   차라리 죽어버려!

아버지   이 여자가 왜 이러는 거야? 길거리에서!

어머니   이 짐승! 할 짓이 없어서, 어린애하고 놀아나?

아버지   (옷을 추스르며) 어린애하고 놀아나다니?

어머니   다 알고 있는데 시치미를 떼? 가증스럽다. (사진을 던지며, 악을 쓰는) 아름일 줄 수 없다. 당신의 이 더러운 행동 때문에! 어떻게 나한테 이럴 수 있어? 날 끝까지 비참하게 만드는 이 짐승들!

아버지   (사진을 주워들고 한참을 보다가) 이렇게 흐릿하게 나왔는데, 이거…… (강하게 부정) 나 아냐! 내가 아니라고! 집에 가서 얘기 하자. 여기서 이러지 말고.

어머니   내가 당신한테 뭘 잘못했어? 교회 사람들 얼굴은 철판 쓰고 볼 거야?! (아버지를 밀치며) 말해, 말해 보란 말야! 그 러느라 방 따로 썼구나?! 프로젝트 합네 어쩌네 하면서 밤에는 컴퓨터로 놀아나고…… 에라이, 이 짐승! 아니

짐승만도 못한 인간! (세민, 귀를 틀어막는다) 창피해. (파르르 떨며) 망신살이 온 동네방네 뻗쳤다고!

아버지 아니라고 했잖아. 누구야? 명예훼손죄로 당장 고소하겠어!

어머니, 아버지의 가슴을 마구 때리다가…… 갑자기…… 욱하고 울음을 터뜨리면서 아버지의 품에 마른 짚단처럼 풀썩 쓰러진다. 엉겁결에 어머니를 안아주는 아버지, 엉덩이를 쑥 뺀 엉거주춤한 사세다. 그 곁에 아버지를 꼭 끌어안는 어머니. 어깨를 들썩이며 소리 없이 우는 어머니의 어깨를 감싸주는 아버지의 실루엣이 매우 다정해 보인다.

세민은 귀를 가린 채 꼼짝도 않고 그대로 주저 앉아있다.

서서히 암전.

6장

세민, 휴대폰을 귀에 대고 초조하게 움직인다. 휴대폰이 꺼져있다. 그때, 마리가 흰 옷자락을 팔랑거리며 세민의 방으로 들어온다. 세민, 얼른 휴대폰을 주머니에 넣는다. 마리, 수북하게 쌓여있는 비디오 영화 재킷의 제목을 읽어 내려간다.

마리 소름, 그녀에게, 무간도, 잃어버린 아이들의 도시, 패왕별희, 킬빌, 반지의 제왕, (크크 웃으며) 만두부인 속 터졌네, 한국영화에 컬트를 거쳐 에로까지…… 오빠 장르, 소재를 가리지 않고 다 보는 편이야?

세민 다 보려고 애쓰는 편이지.

마리 영화이름 맞추기 내기해 볼까?

세민 좋아.

마리 돌아 서. (세민, 돌아서면…… 마리, 비디오 영화재킷을 보고 읽는다) 불법 마약 거래라는 뜻으로 마이클 더글러스가 나오는 영화는,

세민 트래픽.

마리 살인의,

세민 추억.

마리 와이키키…….

세민 브라더스.

마리	너무 쉬운가? (사이) LA 컨피덴셜의 형사, 기억의 퍼즐을 풀어나가는 메멘토의 주인공은,
세민	가이 피어스.
마리	볼링 포 콜럼바인, 엘리펀트의 소재.
세민	콜럼바인 고등학교 총기 난사 사건.
마리	뭐야? 모르는 게 없잖아. (사이) 데이비드 린치, 코언 형제, 알렉산더 조도로프스키, 데이비드 크로넨 버그…….
세민	컬트영화 감독.
마리	레옹의 여인은,
세민	마틸다.
마리	그럼, 마틸다와 롤리타의 차이는?
세민	마틸다는 구원의 여인, 12살 어린소녀 롤리타는 비뚤어진 성애의 대상.
마리	(세민을 바라보며) 요즘 대박치는 영화는?
세민	보진 않았지만 알고는 있어. 최동훈의 암살, 류승완의 베테랑은 천만을 찍었고…….
마리	아, 그만! (세민의 침대에 앉으며) 재미없어.
세민	재밌게 해 줄게.

세민, 발끝을 들고 살금살금 거실로 나간다. 거실의 양주 진열장의 문을 소리 나지 않게 열고, 제법 값이 나가는 위스키 한 병을 꺼낸다. 돌아서다 위스키 병을 유리문에 부딪친다. 깜짝 놀라 주위를 둘러보는 세민. 조용하다. 살금살금 세민의 방으로 들어와 양주병을

따서 병째 나발을 분다.

세민 한 모금 해. 재밌어질 거야. 이거, 루이 13세다.

마리 난 술 못해.

세민 가만있자, 안주가 없군. 잠깐 기다려!

세민, 거실의 수족관 쪽으로 살금살금 걸어간다. 수족관 안에 손을 넣고 휘휘 저어 열대어 대여섯 마리를 손에 움켜쥐고 방으로 들어온다.

마리 으…… 열대어가 안주야?!

세민 쉬잇! 조용히 해. 즐거운 밤이잖아.

마리 (작게) 그걸 먹을 거냐고!!

세민 (병나발을 불고 나서, 열대어 한 마리를 입에 넣는다)

마리 (진저리를 치며) 으…….

세민 (꿀꺽 삼키고) 쓰다…… 써!

마리 쓴 걸 왜 먹어.

세민 고양이는 애완동물, 열대어는 관상동물…… (사이) 하지만, 보기만 하는 것보다 먹는 게 좋을 수도 있어. (열대어를 질겅질겅 씹다 말고) 아아, 나의 천사, 순결한…… 창녀! (병나발을 부는)

마리 실망이야?

세민 아니. 난 실망하지 않아. 난 작달만한 굼벵이니까.

72

마리	귀엽다.
세민	날 꼬시는 거지? 이 앙큼한 년.
마리	왜 욕을 해?
세민	화났으니까 욕을 하지. 이 나쁜 년아!
마리	그렇게 욕을 하면, 판검사 되겠어?
세민	영화감독이 되고 싶었지.
마리	벤허를 만든, 윌리엄 세익스피어 같은 감독?
세민	윌리암 와일러야, 이 멍청한 년아!
마리	왜 자꾸 욕을 해?
세민	널 용서하기 싫어서.
마리	뭘 용서 받아야 하지?
세민	잘못했다고 말해. 그럼 용서해 줄게.
마리	내가 뭘 잘못했는데?
세민	내가 널 얼마나 사랑하는데, 얼마나 사랑하는데!! 우리 아버질 꼬셔?! 나쁜 년! 내 우유가 하필이면 그 시간에 떨어져서…… (마리의 머리채를 홱 낚아챈다) 그래, 키 크고 잘생긴 아버지한테 얼마나 받은 거야?
마리	아아…… 아퍼. 놓고 말해! (세민, 낚아챈 마리의 머리채를 스르르 놓는다) 아빤, 내게 용돈을 준 거야.
세민	(비아냥) 용돈? 나에겐 한 푼도 주지 않는 용돈을 너한테 줬단 말이지?
마리	구두, 인형, 옷, 책을 사 줬어. 아빤 부드럽고 다정한 사람이야.

세민 이 세상에 부드럽고 다정한 남자 다 죽었네. 군 면제자 주제에…… 야, 이 병장! 군인 정신이란 말야…… 야! 난쟁이 똥자루! 그래서 사람 되겠냐? (사이) …… 널 터뜨려 죽여 버릴 거야.

세민, 느닷없이 마리를 낚아채, 마리의 목을 조른다.
마리가 캑캑거리자, 그만두고 주저앉는다.

마리 (의기양양) 죽인다며? 죽여 봐.

세민 (부드럽게) 제발…… 날 사랑한다고, 사랑한다는 말 한 마디만 해 줘!

마리 난 오빠 모르거든?

세민 날 모른다니, 말이 돼? 언제나 오후 6시에 편의점 앞을 어정거리며, 유리창 밖에서 네 옆모습을 하염없이 바라보는 나를…… 어떻게 모를 수 있어?

마리 모른단 말야.

세민 흐흐흐…… 하지만 난 널 가져.

마리 어떻게 날 가져?

세민 그래서 난 매일 줄어들고 있다고.

마리 어쩐지 작다 했어.

세민 사람들은 내 키를 155cm로 알고 있는데. 난, 정확하게 154cm야.

마리 (키를 대보며) 정말? (까르르) 나보다 작네?

세민　웃지 마! 널 가질 때마다, 난 계속 줄어들어…… 얼마 안
　　　가 난 땅강아지가 되고 말 테지.

(E) 그때, 희미하게 들리는 모깃소리.

마리　아! 저놈의 모기, 아직도 안 잡았어?

세민　날마다 죽여도, 밤마다 앵앵거려서 잠을 설치게 해.

마리　혹시, 모기 가족일까?

세민　모기 가족?

마리　내 얘기 들어봐. 옛날 옛날에, 모기 가족이 있었대. 먹
　　　을 것이 부족할 정도로 가난했지만, 서로를 아끼는 화목
　　　한 가족이었어. 하루는 늙은 아버지가 아들에게 말했어.
　　　내 오늘 나가서 운이 좋으면 대접 잘 받고, 먹을 것도 충
　　　분히 가져올 것이고 그렇지 않으면 단매에 죽을 것이니.
　　　저녁밥은 남기지 않아도 된다. 아들은 아버지가 돌아오
　　　리라 믿었어. 허지만, 불행하게도 그날 저녁, 아버지는
　　　돌아오지 않았어.

세민　내가 손바닥으로 단매에 쳐 죽였으니, 살아있을 리가
　　　없지.

마리　아들은 아버지를 찾아오겠다고 아내에게 말했어. 그리
　　　고 아버지와 똑같은 얘길 하고 집을 떠났지. 그 다음
　　　날은 아들의 아들이, 그 다음날은 아들의 아들의 아들
　　　이…… 날마다 아버지를 찾으러 나섰다는 거야.

세민	내가 날마다 죽인 모기들이, 아버지를 찾으러 나선 모기 가족들이었군.

대화를 중단하고, 애앵거리는 모깃소리를 가만히 듣고 있는 세민과 마리.

세민	집, 학교, 군대…… 어디에서도 난 모기보다 못해…… (사이) 모기한테 질투가 나네.
마리	(어이없어) 모기한테 질투를 느껴?
세민	내일이면, 모기보다 못한 놈이 모기를 죽였다고 모기 신문에 모기 만하게 실리겠지? 창피하게.
마리	(속삭이듯) 오빠, 그럼 오늘 밤, 이 세상 모기들을 박멸해 버리는 거야. 그러면 모기보다 못한 놈이 모기를 죽였는지 아무도 모르겠지?
세민	그래, 그러면 되겠네.
마리	몽땅 잡아버려.
세민	그리고 잠 좀 편히 자자.
마리	아우 피곤해, 갈래.
세민	가지 마, 마리.
마리	안녕. (손을 흔들며 퇴장한다)
세민	제발, 제발…… 내 곁에…… 있어.

세민, 주위를 두리번거리다 자신의 손을 들여다본다. 한 손에는 죽

은 열대어가 들려있고, 다른 손에는 위스키 병을 들고 있다. 세민, 위스키를 병째 다 마시고, 천천히 열대어를 먹는다. 뭔가 결심한 듯 살그머니 방문을 열고 거실로 나가는 세민.

얇은 커튼이 드리워진 거실의 안쪽에 어머니는 어머니의 방에서 기도하는 모습으로 엎드려 자고 있고, 아버지는 아버지의 방에서 컴퓨터를 하다 말고 고개를 뒤로 젖히고 잠이 들어 있다. 세민은 아버지와 어머니의 모습을 한동안 바라보다가 천천히 관객석을 향해 돌아선다.

세민   엄마아빠, 주무시는군요…… 제 얘기 좀 들어주실래요……? 제가 대학 1학년 축제 때 만든 6mm 단편 영화가 학교에서 큰 반향을 일으켰답니다. 친구들은 물론 교수님들까지 제가 한국의 스필버그가 될 거라며 난리법석을 떨었어요. 어떤 친구는 내가 영화만 만들면 투자자가 되겠다고 사인까지 했답니다. 굉장했죠…… (사이) 많은 사람들이 절 무척이나 부러워했습니다. 고시에 떨어져도 할 게 있어서 좋겠다나요? (팔뚝을 벅벅 긁는다) 엄마, 저요…… 이미 영연과로 전과 신청을 했습니다. 그러니 너무 서운해 하지 마세요. 그리고…… 아빠! (수줍게) 말해야 하나…… 뭐냐면요…… (기침 크게 하고) 아빠…… 마리요, 아빠의 롤리타, 성마리를 실은 내가 무척 사랑해요…… 아빠도 사랑하시는 거 알지만…… 흐흐…… 하지만, 마리는 나에게 양보하셔야 할 거에요. (사이) 어쨌든…… 엄마아빠…… 내 소원을 말해도 될까요?…… 좀 시시한데…… 정말 별 거 아닌데요, 난 아주 오랜 옛날부터 엄마아빠의 손을, (두 손을 올리며) 이 양손으로 꽉 잡고…… 트라이앵글처럼 엄마아빠의 손에 기분 좋게 흔들리며 영화도 보러 가고요…… 맑은 웃음소리가 퍼지는 놀이동산에 가 보는 게 꿈이었어요. (고개를 흔들며) 이젠 다 커버렸으니, 그런 행동을 하면 징그럽다고 할 거고…… 아니다. 너무 무거워서 날 들어 올리지도 못할 거예요. (사이) 만약 내가 영화를 만들면…… 잘못 만들었더라도, 꼭 와서 봐 주셔야 해요. 그래야 서운하거나 슬프지 않지요. (갑자기 모깃소리가 들리면) 가만. 저 모기를 잡고 나서, 다시 얘기할 게요. 잠깐만 기다리세요.

세민, 한 손에 들었던 빈 위스키 병을 바닥에 내려놓고, 약간 비틀거리는 걸음으로 거실의 선반 쪽으로 걸어간다. 선반 위에 올려놓은 망치를 꺼내 들고, 무대 중앙으로 걸어 나온다.
(E) 벌떼 소리처럼 크게 윙윙거리는 모깃소리.

세민 저 모기들이 밤이면 밤마다 날 귀찮고, 성가시게 한다. 아무 것도 할 수 없게 해! 내게서 피를 빨며 날개 비비는 소리…….

세민, 타석에 선 타자처럼 망치를 어깨 위로 치켜들고, 야구방망이처럼 가볍게 휘두른다.

아버지와 어머니의 비명소리가 아주 짧게 들리고, 모깃소리 뚝 그치고 사위가 무섭도록 고요해진다.

잠시 후, 망치를 손에 들고 정지된 자세로 서 있는 세민의 발치로 투두둑 떨어지는 두 마리 모기.

빠르게 암전되었다가, 서서히 밝아지는 탑조명 아래에 쪼그리고 앉아있는 세민.

세민 (정면을 향해 절박하고 애절하며 호소하는 듯한 표정으로) 사랑한다는 말 한 마디가 그렇게 어려웠나요?

천천히 허공을 올려다보는 세민의 텅 빈 눈동자.

빠른 암전.

끝.

한국 희곡 명작선 53

트라이앵글

초판 1쇄 인쇄일   2021년 1월 10일
초판 1쇄 발행일   2021년 1월 20일

지 은 이   박경희
만 든 이   이정옥
만 든 곳   평민사
　　　　　서울시 은평구 수색로 340 〈202호〉
　　　　　전화 : 02) 375-8571
　　　　　팩스 : 02) 375-8573
　　　　　http://blog.naver.com/pyung1976
　　　　　이메일 pyung1976@naver.com
등록번호   25100-2015-000102호
ISBN   978-89-7115-751-0 03800
　　　　　978-89-7115-663-6 (set)
정   가   7,000원